monster link

몬스터 링크 4

초판 1쇄 인쇄일 2015년 7월 15일 | **초판 1쇄 발행일** 2015년 7월 20일

지은이 철 민 | **펴낸이** 곽중열 | **담당편집 팀장** 이범수
편집부 신연제 이윤아 김호성 김은경

펴낸곳 (주) 조은세상 | 출판등록 제 2002-23호
주소 경기도 연천군 미산면 청정로 1355
TEL 편집부 02)587-2966 | FAX 02)587-2922
e-mail bukdu@comics21c.co.kr

ISBN 979-11-5832-175-8 | ISBN 979-11-5832-070-6(set) | 값 8,000원

※잘못 만들어진 책은 바꿔 드립니다.
※저자와의 협의에 의해 인지는 생략합니다.

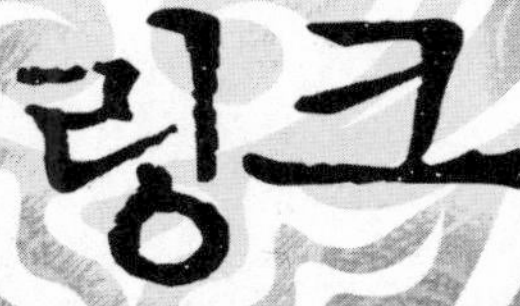

철민喆敏 판타지 장편소설

NEO FANTASY STORY

monster link

CONTENTS

NEO FANTASY STORY

monster link

몬스터 링크

monster link

카두치의 눈

NEO FANTASY STORY

끼익.

문을 열어젖힌 펜릴은 방 안으로 뚜벅뚜벅 걸어 들어왔다.

지금까지 있던 방들과는 그다지 다른 것은 없다. 깔끔하게 정돈 된 느낌하며, 그다지 구경할 게 없어 보이는 검소한 방.

많은 돈을 봉급으로 받는 기사라는 것을 생각했을 때, 이렇게 검소한 방을 가질 이유가 있을까? 라는 생각이 들기도 하지만 실제로 기사들은 검소한 생활을 하는 자들이 꽤나 많다.

펜릴은 미소를 지었다.

“찾았다.”

저택이 3층 구조로 되어 있기 때문에 모든 방문을 열어 봐야 한다. 모두 똑같은 형태, 디자인을 가진 방을 계속 열어 봐야 한다는 건 지겨운 일.

이 방이 바스티안의 방이라고 확신할 수 있는 이유는 하나.

향수냄새가 난다.

향수, 라는 건 결국 자신의 냄새를 지우기 위해 존재하는 건데 이 방에서는 독특한 향수의 냄새가 난다.

향수는 가격이 제법 비싸다.

평민들은 얼씬도 못한다. 기사니까 사용하는 거다.

기사들은 전투만 하는 게 아니다. 그건 용병이다.

연내 행사나, 파티 등. 참석하는 일정이 굉장히 많다. 실제로 기사라는 신분이나, 혹은 이런 직업은 싸우는 일 보다 성 내에서 행사에 참여하는 일이 더 많다. 향수를 가지고 다니는 건 기사의 품위유지에 도움이 된다.

그 중 바스티안의 향수는 아주 독특한 냄새를 가지고 있다.

‘개인 취향이겠지만.’

그 취향이 이번엔 펜릴을 도왔다.

바깥을 슬쩍 쳐다보자 아직까지 기사들과 캔슬러들의 일전이 계속 된다.

'좀만 더 시간을 끌어봐라.'

누가 이기든 관심은 없다. 다만, 어느새 끝나버려서 펜릴을 향해 다가오지만 않으면 좋다.

상황은 제법 급박하게 돌아가는 것 같다. 기사들도 피해를 많이 입었고, 캔슬러라는 무력 단체도 제법 많은 피해를 입은 것 같다.

'초조해 하지 마.'

펜릴은 가슴을 쓰다듬으며 서서히 망령을 다시 꺼내었다.

'결국 스펙터의 목걸이라는 건 성물. 성물이라면 스스로 빛을 발하는 법이다.'

망령이 주변을 붉은 안개로 가득 매웠다.

'어디냐?'

주위를 둘러보던 펜릴의 시선이 한쪽에 고정 되었다.

"됐어."

펜릴의 말 한마디에 붉은 안개가 다시 사라진다. 안개를 계속 노출시키고 싶은 마음은 없다. 누군가 이 창문을 통해 안을 살펴본다면 이상하다고 느끼지 않겠는가?

물론, 싸움에 정신이 팔린 바깥에서 보기란 힘든 일이겠지만 오래 노출 시킬 필요는 없다.

위치는 찾았다.

오르도와 바스티안이 합심해서 아무도 모르는 곳에 숨겨 두진 않았을까 싶었는데 아니다.

그 두 명이 성물의 가치를 알았다면, 절대 이런 식으로 노출시키지는 않을 거다.

그러니까, 이건.

정보가 부족하기 때문에 이런 실수를 저지르는 거다.

휘유-

펜릴이 휘파람을 불었다.

벽에 걸려 있던 그림을 옆으로 치우니 금고 하나가 보인다.

금고를 꺼내려고 하자 무게가 만만치 않다.

톡톡!

마치 노크하듯이 만져 본 펜릴은 피식 웃었다.

철도, 미스릴도 아니다.

귀족들도 그렇고 대부분이 금고를 만들 때, 아다만티움으로 만든다는 얘기를 들었다. 이것도 같은 재질이다. 뛰어난 기사가 아니면 이 금고를 베어 버릴 수는 없다. 철검도 안 된다. 미스릴 검을 가진 아주 뛰어난 기사다.

펜릴은 마체테를 꺼내 들었다.

'될까?'

해보지 않았으니 모를 일이다.

펜릴의 마체테는 붉은 나무의 가지, 그리고 아다만티움을 섞었다. 펜릴의 마체테가 붉은색으로 빛났다. 망령의 에너지를 잔뜩 집어넣었다.

펜릴은 누가 뭐라고 할 것도 없이 마체테를 그대로 내리쳤다.

금고의 반탄력이 펜릴의 어깨를 감싼다. 하지만, 펜릴도 아다만티움이고 망령의 에너지. 게다가 붉은 나무의 유연함까지.

펜릴은 다시 마체테를 잡고 그 자리를 똑같이 다시 베었다.

잠시 후, 금고는 문을 활짝 열며 안의 내용물을 토해냈다.

'찾았다.'

스펙터의 목걸이.

스펙터들의 혼을 진주안에 넣으면 신의 눈을 속일 수 있다고 알려진 성물.

펜릴은 감상할 시간도 없이 손으로 들어 올리며 품 안에 넣었다.

"움직이지 마라."

그때 등 뒤에서 섬뜩한 목소리가 들린다.

펜릴은 그 자리에서 굳었다.

'빌어먹을, 금고를 벤다고 다가오는 것도 몰랐나?'

실수다.

고개를 뒤로 살짝 돌리자 바스티안이 검을 들고 펜릴의 목을 겨누고 있다.

다시 고개를 앞으로 돌린 펜릴은 창문 밖으로 아직도 치열하게 벌어지고 있는 전투를 바라보았다.

'실수로군…….'

바늘가는데 실 간다고, 바스티안과 오르도는 항상 붙어 다닐 줄 알았다. 특히나 캔슬러가 침입한 이 상황 속에서도 붙어 있을 거라고 예상했다.

정작 바깥에 바스티안이 없다는 걸 알아차리지 못했다.

게다가 바스티안은 뛰어난 기사다.

흔히 얘기하는 '초인' 의 반열에 오른 기사다.

그런 기사가 마음먹고 숨과 기척을 죽이고 다가온다면 아무리 펜릴이라도 알아차리는 게 쉽지가 않다.

"검을 내려놔라."

펜릴이 들고 있는 마체테를 검으로 착각한 모양이다. 검신의 모습이 도와 비슷하니 착각할 만도 하다. 펜릴은 아무 말도 없이 그대로 내렸다.

'아무리 빨리 움직인다고 해도…….'

검보다 빠를 것 같지는 않다. 게다가 뛰어난 기사들은 사람을 죽이는 데 사전 동작도 필요하지 않다. 예를 들어서 칼로 사람을 베기 위해서는 위에서부터 아래로, 혹은 좌에서 우, 우에서 좌 이렇게 움직임이 필요하다. 가장 간단한건 위에서 아래, 위치 에너지를 이용하여 베는 거다. 그럼에도 불구하고 인간의 뼈는 굉장히 단단하기 때문에 단숨에 자르기가 어렵다.

그런데 기사란 족속들 중에서도 극히 일부에 속하는, 놈들.

우웅, 우우웅-

이런 식으로 검이 울 정도로 뛰어난 검술을 지닌 놈들은 펜릴의 목을 사전 동작도 없이 단숨에 베어버릴 수 있다.

'망령을 각성시켜서, 나를 보호한다고 해도 시간이 걸린다.'

선택을 해야 한다.

살아 나가기 위해서는 단 한 순간. 저 초인이라는 녀석의 시선을 돌릴 필요가 있었다.

"너로군."

바스티안은 펜릴의 얼굴을 알아봤다.

펜릴을 죽이지 않는 것으로 보아 여전히 이들은 정보를 많이 알지 못한다.

"캔슬러냐?"

단도직입.

펜릴은 고개를 내저었다.

"저들은 제가 아는 자들이 아닙니다."

"그럼?"

"목걸이. 그거 때문입니다."

바스티안은 다소 이해를 못하겠다는 듯 되물었다.

"스펙터의 목걸이! 그게 대체 뭐냐?"

"신의 눈을 속일 도구입니다."

펜릴은 어쩐 일인지 술술 입을 열기 시작했다. 지금 중요한 건 5가지 성물에 대한 정보가 아니라, 사느냐 마느냐의 문제다.

한순간의 틈. 그 틈을 놓치는 순간 끝이다.

펜릴은 바짝 마르는 입술을 혓바닥으로 핥았다.

초조한 얼굴을 보이고 싶지는 않지만, 어차피 바스티안은 펜릴의 뒤통수 말고는 보이는 것도 없었다. 하필이면 바깥 상황이 뻔히 보이는 자리. 초조함 때문에 땀이 흐르기 시작한다.

'저 녀석들이 더 이상 버티지 못할 것 같은데.'

남은 캔슬러 녀석들도 셋, 넷 정도 되는 것 같다.

앞으로 몇 분후에는 정리가 된 상태로 곧바로 돌입해올 거다.

게다가 이곳에서 시끄러운 소리가 난다면 여유가 있는 기사들이 지원을 온다.

은밀하게, 바스티안을 처리해야 한다.

창밖에서 비치는 달빛이 방 안을 밝힌다.

"저들을 제가 끌인 건 맞습니다. 하지만, 제가 끌어들였다는 것도 모를 겁니다. 저는 거짓 정보만 조금 흘렸을 뿐이니까요."

펜릴의 말에 바스티안은 왜? 냐고 묻지도 않았다. 처음부터 그는 목걸이를 탐냈다고 얘기한 것이니까.

그럼, 펜릴의 욕심 하나 때문에 캔슬러와 오르도간에 싸움이 일어났다.

하지만, 바스티안은 평정을 찾았다. 이곳은 이미 전쟁터다.

전쟁터는 집만큼이나 익숙한 분위기, 환경이다.

당한 놈이 멍청한 거고, 이긴 놈이 결국엔 똑똑한 자로 기억될 뿐이다.

자신들의 미숙함을 결국 인정하는 꼴 말고는 되지 못한다.

"아는 것 모두를 얘기해야 할 거다."

"뭐, 좋습니다."

펜릴은 가볍게 목을 돌리면서 양손을 머리 위로 가져갔다.

자연스러운 동작이다.

바스티안도 의심할 여지가 없다.

그런데, 그건 펜릴만 그렇게 생각할 뿐이었다.

"네놈은 그러고보니 링커였지."

펜릴이 마체테를 들고 있는 모습 때문에 바스티안의 착각.

게다가 겉으로 봐서는 펜릴은 전혀 다를 게 없는 모습이다. 각성을 하기 전 까지는 분명 인간이니까.

"생각이 바뀌었다."

"……."

펜릴은 대답도 하지 못했다.

바스티안은 전쟁터에서 굴렀다. 솔직히, 그는 펜릴을 분명히 정보를 얻을 수 있는 좋은 대상이라고 생각했을 거다. 그러기 위해선 지금 죽인다면 아깝지 않을까란 생각이 들었다.

둘은 검은 숲에서 동고동락했다. 아는 얼굴을 죽이는 데 있어서는 사실 생각보다 쉬운 일이 아니다. 다만, 바스티안은 베테랑이다. 목숨을 노리는 건 아니라도 검의 방향을 틀었다.

죽일 생각은 아니다. 팔과 다리를 잘라 버릴 셈이다. 결국 링커란 족속들은 팔과 다리가 없으면 아무것도 하지 못한다. 그 뒤에 입만 열 수 있는 펜릴의 정보를 빼먹고, 마지막에는 죽여버릴 거다.

인정사정없는 건 펜릴 보다도 더하다.

전쟁터에서 쌓은 경험은 절대 무시할 수 있는 게 아니다.

이미 정신력 자체는 펜릴 보다도 바스티안이 낫다고 볼 수 있다.

"큭!"

어깨가 불이라도 된 것 마냥 화끈하다. 어깨에 반쯤 파고들었을 때, 날카로운 소리가 들렸다.

쨍그랑!

그 순간 검이 멎었다.

'틈이다!'

아주 한 순간이다. 바스티안 같은 실력자들을 상대로는 이 틈을 절대 놓치면 안 된다.

펜릴은 그대로 바닥에 주저앉았다.

"어딜!"

마치 뱀이라도 된 것 마냥 집요하게 따라온다.

검을 피하기에는 늦었다. 펜릴이 할 수 있는 마지막 선택은 하나뿐이다.

씨스톤의 팔.

양쪽 어깨가 비늘로 뒤덮이고 어깨가 아닌 목을 향해 날아오는 검을 손으로 잡아낸다.

"마, 말도 안 돼는!"

검에는 푸른 마나가 넘실거린다.

바스티안의 눈동자가 두 배는 커졌다.

이 검은 무엇이든 벨 수 있다.

그런데 한낱 인간의 손을 자를 수가 없다니.

'오래 잡고 있을 만한 건 아니다.'

비늘이 벗겨진다. 결국 이 줄다리기가 지속되면 펜릴은 좋을 게 없다. 과거 클리드와 싸울 때에도 마체테에 망령의 에너지를 사용하자 결국 클리드도 상처를 입지 않았었나?

'빨리 끝내자.'

바스티안이 그립을 양손으로 쥐고 있기 때문에 약점이 훤히 드러났다. 그에 반해 펜릴은 고작 한손일 뿐이다.

펜릴은 나머지 팔로 바스티안의 머리를 잡았다. 이미 지금의 펜릴 손은 보통 인간의 손보다도 훨씬 커졌다.

"으아아악!"

바스티안이 비명을 내질렀다.

펜릴의 힘은, 인간의 힘이 아니다. 바다생물, 최상급 중에서도 최상급 마수인 씨스톤의 힘이다.

아무리 초인이라고 한들 두개골을 박살내고 뇌를 파괴시킨다면 살아갈 수 없다. 그들도 결국 칼에 찔리면 죽고, 피를 흘리면 인간이라는 존재에 불과하다.

콰득, 콰드득!

바스티안의 머리가 마치 수박마냥 사방으로 터졌다.

펜릴은 씁쓸한 눈으로 그 모습을 지켜봤다.

처음부터 펜릴은 바스티안을 살려둘 생각이 없었다. 살릴 생각이었으면 정보를 하나하나 전부 얘기할 필요가 없었을 거다.

창문이 깨지는 소리 때문에 운이 좋았다.

하지만, 원래 운 좋은 놈이 살아남는 거다.

오늘은.

펜릴이 살아남았을 뿐이다.

바스티안이 죽었으니 정보를 아는 녀석이 하나 줄었다.

그가 알면 오르도가 알고, 오르도가 알면 황제가 안다. 황제가 알면 펜릴에게 기회는 없다. 이건 어쩔 수 없는 선택이었다.

펜릴은 창밖을 봤다.

'젠장…….'

방금 바스티안의 비명소리를 들은 모양이다.

기사 몇몇이 사라졌다.

캔슬러도 더 이상 자취를 감춘 지 오래다.

죽었거나, 혹은 도주를 했거나. 누군가는 그들을 쫓았겠지만 남은 자들은 이 저택을 지키러 들어온다.

펜릴은 더 이상 고민할 것도 없이 방문을 열고 바깥으로 나갔다.

이 저택에 들어올 때부터 펜릴은 진입과 퇴로 방향 두 가지 모두에 대해 생각해두고 있었다.

사냥꾼이란 원래 그렇다. 만약의 경우를 대비해서 여러 가지 경우의 수를 생각해두기 마련이다.

"이곳으로 올 줄 알았다."

펜릴은 걸음을 멈췄다.

하필이면 퇴로를 가로 막은 녀석.

슈마이켈의 대장간에서 만났던 놈이 펜릴을 바라보며 피식 웃었다.

♦

꽉 조여진 공기의 흐름속에서 답답한 느낌이 들었다.

펜릴과 칼바도스는 서로를 노려보았다.

'또냐?'

라고 물어보고 싶지만, 입을 꾸욱 다물었다.

원치 않지만 벌써 3번째 만남이다.

우연도 이런 우연은 없다.

처음과 두 번째는 그렇다 쳐도 물론, 세 번째는 펜릴이 의도했던 미끼에 걸린 것뿐이다. 하지만 이름도 모르는 사람이 서로 이런 식으로 3번을 부딪히는 건 대단한 인연이 아닐 수 없다.

펜릴은 피식 웃음이 나왔다.

저 녀석이 웃기 때문에 웃은 건 아니다.

바깥에서는 캔슬러라는 모든 작자들이 죽어 나갔는데, 이놈은 멀쩡한 채로 이곳에 있다.

'캔슬러가 아닌가?'

아니, 분명 캔슬러가 맞다.

이 녀석이 속으로 어떤 생각을 가지고 있는 줄은 모르겠지만 겉모습으로 치장했던 놈은 분명히 캔슬러가 맞다. 건틀렛에 선명하게 보이는 이민족의 문자, 캔슬러가 그것을 증명한다.

'빨리 나가야 하는데…….'

기사들이 합류하면 참으로 난감해진다.

펜릴에게도, 이 녀석에게도 하나도 좋을 게 없다.

적어도 저 녀석은 오르도와 같은 편, 혹은 팀이라고 느껴지지는 않는다.

기사들과는 다르다. 길들이지 않은 말. 초원에 있던 야생마 같은 녀석이다.

최소한 결판을 내더라도 이곳에서는 나가서 하는 게 좋다.

그런데, 저 녀석은 움직일 기미가 없어 보인다.

기사들이 오는 게 느껴질 거다.

양손을 척하니 내려서는 펜릴을 쳐다보는 것.

이 공간에는 자신과 펜릴 이, 둘만 존재한다고 느끼는 것 같다.

'그러니까…….'

한 번에 끝낸다.

저 녀석의 술수에 말릴 필요는 없다.

여기서 펜릴은 절대 아쉬운 게 없다.

그 누구도 펜릴이 이런 행위를 했다고 예상하지 못할 거다. 물론, 잠적해 버린다면 충분히 이런 저런 생각이 들긴 하겠지만 적어도 오늘만큼은 캔슬러의 미친 행동으로 기억 될 거다.

펜릴은 붉은 열매를 취했고, 품 안에는 스펙터의 목걸이까지 있다.

5가지의 성물 중 2가지를 손에 쥐었다.

펜릴은 이제 그럴듯하게 도망만 가면 된다.

그런데 놈의 표정을 봐서는 여기서 끝장을 보지 않고는 쉽지 않아 보인다.

고민할 시간 따위는 없다.

응해야 되나.

말아야 하나.

"3번째지?"

먼저 입을 뗀 건 녀석.

"여길 나가려면 여기밖에 없다고는 생각했어."

사실 제법 지형지물을 읽을 줄 안다면 이곳만큼 흔적을 남기지 않고 빠져나갈 수 있는 곳은 없다. 이 저택의 주위는 사람들이 잘 살지 않고, 골목길로 연결되어 있다. 이곳에서 시끄러운 소리가 난다고 누구 하나 신경 쓸 사람 절대 없었다.

일단 길이 복잡해지면, 추적하기가 껄끄러울 거다. 펜릴은 가볍게 추적을 따돌릴 수 있다.

"원하는 건?"

펜릴은 간단하게 물었다.

놈은 피식 웃었다.

"네놈이 가지고 있는 거 전부 다."

"마음대로."

누가 먼저랄 것도 없이 서로에게 달려들었다.

♦

펜릴은 동시에 3가지를 각성시켰다.

곤조의 발목, 씨스톤의 팔, 망령까지!

얘기를 할 것도 없다. 마수들은 펜릴의 몸 안에서 미친 듯이 날 뛰기 시작했다.

오늘 하루뿐만 아니라 며칠 내내 여파가 올 거다.

'일단 이곳에서 살아남는 게 최우선이다.'

그러기 위해서는 이 앞에 있는 놈을 휴지 구기듯, 구겨 버린 뒤에 쓰레기통에 통째로 처박아 버려야 한다.

펜릴이 생각한 대로 망령이 먼저 움직여 준다.

안개로 변해 상대를 제압해 버릴 거다.

오르도나, 그의 휘하 기사들처럼 인간의 범주를 뛰어 넘은 초인들을 전부 제압시킬 순 없다. 그런 능력은 검은숲에 있었던 주술사나 가능한 거다.

주술사는 총 3개체의 망령을 가지고 있었고, 펜릴은 하나의 망령 밖에는 없다. 그 힘의 차이는 명백하다. 개체의 힘을 하나와 하나로 봤을 때, 개입이 없다면 펜릴의 망령이 더욱 강할 거다. 하지만, 주술사가 직접 운용을 한다면 글쎄? 힘 겨루기라면 이기겠지만 그 능력을 사용한다면 힘들어 질 거다.

펜릴은 망령을 다루기 시작한 지 얼마 되지 않았으니까.

하지만, 한 녀석 정도 제압하는 건 일도 아니다.

제압을 한 뒤에 씨스톤의 팔로 녀석의 머리통을 날려버리면 끝날 일이다.

안개가 주변을 감싼다.

그런데 놈의 표정이 변한다.

나쁘게 변한 것이 아니라 마치 희열이라도 느끼는 것 같다.

'미친놈.'

순간, 안개의 움직임이 멈춘다.

그때 놈의 눈이 조금 이상하게 변했다.

'저거…….'

카두치의 눈!

펜릴은 놀라 자빠질 뻔 했다.

저 녀석이 3차 각성 링커라서가 아니다.

팔과 다리, 눈까지.

팔은 그루지, 다리는 젭콘.

둘 다 그냥 상급에 지나지 않다.

그런데, 카두치의 눈은 씨스톤의 팔 만큼이나 구하기가 어렵다고 알려진 마수다.

얼마 전 슈마이켈이라는 대장장이 노인은 꼬냑이라는 진귀한 눈을 가지고 있었다. 한 쪽도 아니고 양쪽 눈에 박아서 균형을 만들었다. 그건 진실을 보는 거다, 사물에.

하지만, 카두치의 눈은 실체를 보는 거다.

꼬냑과 뭐가 다르냐면, 꼬냑은 전투도 훌륭하지만 대장장이인 슈마이켈이 선택을 했듯이 한 개체를 봤을 때 어떻게 다뤄야 가장 효율적으로 다룰 수 있을까에 대한 가장 큰 정답을 가지고 있다.

카두치의 눈은 그냥 실체를 보는 거다.

그 눈을 가지고 있으면 마찬가지로 펜릴의 심장 속에 있는 망령도 봤을 테고, 에너지도 봤을 테고, 씨스톤의 팔도 봤을 거다.

그리고 더욱 엄청난 건.

항마력을 가지고 있다는 거다. 트론의 날개처럼.

'망령은.'

아무 것도 할 수 없다.

그러니 펜릴은 망령을 거두어 들였다.

망령을 각성시켜놓으면 펜릴에게 현재 상황에서 이득이 될 게 없다.

체력은 빠르게 소진 될 거고, 에너지도 쓸 수 없다.

어차피 펜릴은 마법사가 아니니 놈의 항마력 또한 더 이상 쓸모가 없다.

실체를 본다고 해도 펜릴은 스펙터나, 형체가 없는 마수나 몬스터도 아니다.

이제 남은 건 순수한 힘의 격돌이다.

씨스톤의 팔과 곤조.

그루지와 젭콘.

어느 놈이 더 성능이 우수하고, 효율적으로 싸울 수 있느냐.

'놈은 권술의 대가라 칭할 수 있다.'

펜릴이 할 줄 아는 거라곤 막싸움 뿐이다.

아무리 좋은 마수를 가지고 있어도 그걸 제대로 활용할 수 없으면 얼마나 형편이 없는 지 이미 깨달은 뒤다.

'다행인 점은.'

이미 한 번 봤다는 거다.

놈이 곤란스러운 것은 변칙적인 움직임과, 허초와 실초를 섞어서 사용한다는 거다.

여러모로, 탐나는 눈이다.

분명 카두치의 눈을 가지고 있다면 이런 움직임이나 허초에 속지 않을 거다.

진실이 보이는 데, 굳이 겁먹을 필요도 없을 거고.

최상급 중에서도 최상급.

대륙 전부를 뒤져도 가지고 있는 놈이 세 명을 넘지 않을 거다.

적당한 눈속임도 속지 않을 테니 펜릴은 적극적으로 나서기로 했다.

펜릴이 먼저 주먹을 휘둘렀다.

공기가 찢어지는 소리가 사방에서 파바박! 하고 터졌다.

망령의 에너지 때문에 주먹이 붉게 변했다. 지금의 씨스톤의 팔은 파워도 방어력도 증가한 상태다.

놈이 고개를 숙이며 피한다.

그러더니 보기 좋게 펜릴을 향해 주먹을 날렸다.

강렬한 파공음이 터졌다.

콰앙, 콰앙!

주먹이 부스러질 것 만 같은 느낌이 든다.

물론, 그런 느낌이 든 건 펜릴이 아니지만. 상대방이 살짝 인상을 찡그린다.

펜릴은 피식 웃었다.

저 녀석에게 질 것 같다고 느꼈을 때는 펜릴이 각성을 하지 않았을 때다. 그 당시에도 놈은 그루지의 팔 만큼은 각성시킨 상태였다.

딸랑 마체테 두 자루 들고 놈과 싸웠으니 고전한 것 뿐이다.

뭣보다, 펜릴의 강점은.

스피드다.

곤조의 발목을 사용하지 않아도 링커들 만큼이나 빠르게 움직일 수 있게 해주는 강렬한 에너지인 붉은 열매가 원동력이 되어 준다.

그건 마치 펌프와도 같다. 펌프처럼 펜릴에게 계속 에너지를 공급해줄 테니 말이다.

그루지의 팔이 아무리 상급이라도 소용없다.

초인이라 불리는 녀석의 검도 잡았을 정도로 강력한 방어력을 지닌 것이 바로 씨스톤의 팔이다.

'감상에 빠질 시간은 없어.'

펜릴은 연이어 타격을 했다.

탁탁탁!

발놀림이 빠르게 움직인다.

'젠장, 아무리 그래도 실초를 모르겠네.'

허초와 실초의 가운데에서 헤매는 건 결국 펜릴이다.

권술을 쓰기 시작하면 달라진다.

'집중, 집중해라.'

눈에 익어 들어간다.

마음만 먹으면 못 피할 것도 없다.

"크!"

펜릴은 정타를 허용했다. 팔도 아니고 배다. 배는 씨스톤이 아니니, 얻어맞으면 그대로 충격을 먹을 수밖에 없다.

'젠장!'

충격을 먹었다고 봐주는 건 없다. 놈은 집요하게 펜릴의 약점만 골라서 들어온다. 팔만 공격하지 않으면 펜릴은 어찌할 도리가 없다. 씨스톤의 팔과 스피드, 이 두 가지가 없으면 펜릴은 별 볼일 없는 녀석이 된다.

'망령에게 보호를 시킬까?'

안 된다. 놈은 실체를 잡는다. 망령을 죽여 버릴 수도 있다. 그럼 회복에만 며칠이 소요 된다. 게다가 망령이 죽어 버리면 다음에 회복 되었을 때 힘이 상당수 소진되어 있다.

'빌어먹을. 어떻게 하면 좋지?'

–등신.

펜릴은 갑자기 움직임을 멈췄다.

'뭐…….'

그리고 주변을 둘러보았다.

마치 누군가 말이라도 건 것 같은 느낌이 든다.

그때 펜릴의 눈앞으로 주먹이 왔다 갔다 한다.

펜릴은 뒤로 한 발자국 물러났다.

이상한 소리 때문에 한 대 얻어터질 뻔 했다.

갑자기 양쪽 어깨가 앞으로 들린다. 그러더니 무언가에 빨려 들어가는 것처럼 펜릴의 몸이 쑤욱 앞으로 이동했다.

"뭐, 뭐하는 거야!"

펜릴은 자기도 모르게 소리를 질렀다.

이런 일은 처음이었다.

팔이 스스로 움직여?

칼바도스도 펜릴을 이상하게 생각했다.

그런데, 한 번도 허용당하지 않았던 공격을 맞았다.

퍼억!

펜릴의 주먹은 칼바도스의 배를 공격했다.

"크으윽!"

배가 마치 터진 것 같은 느낌이다.

내장이 뒤틀린 것 같다.

칼바도스는 허용 당한 배를 부여잡고 허리를 반쯤 굽혔다

이상하다. 분명히 놈은 허초를 사용할 줄 모르는 권술의 초보다. 그런데 방금은 적절한 허초를 섞어 썼다.

'이건…….'

펜릴이 당장 권술을 익혔다고 밖에 볼 수 없었다.

그런데, 정작 본인인 펜릴은 얼떨떨한 표정이다.

"자, 잠깐."

펜릴은 이상한 소리를 했다.

하지만, 말과는 다르게 손은 위에서부터 아래로 칼바도스의 머리를 향해 날아갔다.

♦

"……."

오르도는 잠시 천장을 바라보고 다시 고개를 내렸다.

머리가 박살이 나버린 남자.

얼굴이 없으니 알아볼 수는 없지만, 흔적을 보면 충분히 누구인지 유추할 수 있다.

"바스티안 경입니다."

고개를 돌려 보니 금고까지 완전히 베였다. 그 안에 넣어두었던 스펙터의 목걸이는 이미 자취를 감춘 뒤다.

"이곳에서 큰 싸움이 있었습니다."

기사들은 빠르게 흔적을 찾아내 상황을 유추했다.

"바스티안 경과의 싸움은 아닙니다. 안타깝지만, 바스티안 경은 반항 한 번 하지 못한 것 같습니다."

"두 놈의 흔적이로군."

"그렇습니다. 흔적으로 봐서는 두 명입니다. 하지만, 바스티안 경과 싸운 자는 한 명입니다. 두 명의 사이에 뭔가 문제가 있었던 것 같습니다."

피를 흘린 자국이 여럿 보인다.

오르도는 무심한 얼굴로 그 피를 바라보았다.

피의 색, 방향이 조금씩 다르다.

'두 명 다 부상이라 이 소리군.'

몬스터 링크

monster link

협상

NEO FANTASY STORY

협상

monster link

펜릴이 복잡한 골목길을 걸었다. 걷는 내내 바닥으로 피가 뚝뚝 떨어졌다.

등 뒤에서는 해가 뜨고 있어 날이 밝기 시작한다.

주변의 시선을 의식한 펜릴은 도약 한 번으로 건물과 건물 사이를 연결하고 있는 빨랫줄에서 적당한 옷을 가지고 내려왔다.

얼굴을 가리고 입고 있던 옷을 벗어 상처 부위를 압박했다.

압박하는 것만으로도 피가 멈춘다.

피식 웃음이 나온다.

여기서 피가 끊긴다. 그런데 앞을 보면 골목길이 갈라지는 곳이 총 다섯이다.

저택에서부터 계속 피를 흘렸다. 펜릴을 추적하려면 고생 꽤나 해야 될 거다.

꼬끼오!

곳곳에서 닭이 우는 소리가 들린다.

'아침이로군.'

지금까지는 밤이었다. 밤은 사람을 피곤하게 만든다.

닭이 우는 소리와 함께 곳곳에서 사람들이 쏟아져 나온다.

제도의 사람들이나 시골에서 사는 사람들이나 닭이 울면 아침을 준비하고, 바깥으로 나와 활동을 하기 시작한다.

마음에 든다.

그들이 움직일 때 마다 펜릴의 흔적은 지워진다.

얼굴을 가렸으니 누군가 펜릴의 행적을 물어봐도 기억에 남지 않을 테니 추적은 무리다.

빠르게 도망가는 것만이 그들의 손에서 벗어날 수 있는 게 아니다. 완벽히 눈과 귀를 가리는 것.

그 정도면 됐다.

펜릴은 품에서 열쇠를 꺼내 구부러뜨린 후에 마체테로 완전히 잘라버렸다.

이건 클리드가 펜릴에게 줬던 집 열쇠다.

이미 지하실을 폐쇄했기 때문에 문제 될 건 없지만, 괜히 이 열쇠 때문에 그 집이 쑥대밭이 되는 걸 원하지는 않는다. 이 열쇠에는 주소가 적혀 있기 때문이다.

애초부터 펜릴의 집도 아니었고, 클리드의 딸 에이미의 집이다.

마지막으로 남은 건 펜릴이 머물렀던 여관 방 확인.

항상 나오기 전에 한 번 두 번이 아니라 여러 번 구석구석 살펴본다.

처음에 여관방을 사용할 때부터 펜릴은 일정 공간 외에는 절대 터치를 하지 않는다.

펜릴은 혼자다. 흔적을 남기게 되면 결국 대항할 힘이 없다.

처음부터 사건사고를 만들지 말아야 한다.

펜릴은 자신이 머물렀던 방을 확인하고 잔금을 치른 뒤에 밖으로 나왔다.

양쪽어깨에서 고통이 느껴진다.

펜릴은 그 때문에 인상을 잔뜩 찡그렸다.

불현듯, 어젯밤이 떠올랐다.

◆

–움직임은 간결할수록 좋다, 멍청아. 클리드도 멍청했지만 이번 녀석은 더 멍청하군.

펜릴은 벙쪘다.

사람의 목소리가 귀를 이용해서 들리는 게 아니라 머릿속으로 직접 전달이 된다고 하면 믿겠는가? 마법 같은 일이겠지만 실제로 지금 일어나고 있는 일이었다.

'뭐, 뭣…….'

-내놔, 머저리!

그 말이 끝나자 펜릴의 몸이 뭔가 끌려가듯 움직이기 시작한다. 팔과 다리가 따로 놀기 시작한다. 다리는 펜릴의 완벽한 지배를 따르지만 팔은 의지와는 상관없이 싸우기 시작한다.

움직임은 뭔가 이상해도 칼바도스의 허초를 완벽하게 구별해내며 두들겨 패기 시작했다.

놀라운 능력이지만, 펜릴의 의지와는 정반대였다.

'빌어먹을.'

머릿속으로 별에 별 생각이 들기 시작한다.

'그, 그게 사실이었어?'

클리드 영감탱이는 매일 같이 중얼중얼.

펜릴은 그가 갈 때가 되자 환상이나 보는 미친놈인줄 알았다.

실제로 그의 마지막도 펜릴이 보내주지 않았던가.

'그 병이 전염도 되나…….'

전염이 될 리가 없다.

확실한 건 이 녀석이 말을 걸고 있다는 거다.

곤조나 망령이 아니다. 딱 한 녀석이다.

씨스톤.

최상급 중에서도 최상급. 설마 말을 할 줄 알았다는 걸 믿어야 하는 지 말아야 하는 지 도통 이해를 할 수가 없다.

못 믿는다고 해도 어쩔 도리가 없다.

지금 이건 현실이니까.

"자, 잠깐."

펜릴은 그의 행동을 만류했다.

−왜?

"내 팔이라고!"

−지금은 내 팔이기도 하지. 네 녀석 팔일 때는 네 놈이 써라. 바깥에 오랜만에 나온 것 같으니 난 바람 좀 쐬고 싶거든.

정말 제 멋대로인 녀석이다.

클리드가 경고를 했던 게 기억 속에 빙빙 돌아다닌다.

'나에게 엿을 줬군.'

생각하면 생각할수록 열이 받는다.

어떻게 생각하면 또 이게 부작용인가? 싶기도 하다.

실제로 펜릴은 자격요건을 갖추지 못한 상태로 급하게 상황 때문에 최상급 마수인 씨스톤을 달아버렸다. 적어도 펜릴이 경험과 시간이 쌓였어야 하는 데 너무 이른 시간에 최상급을 달았으니 부작용이 심할 수밖에 없다. 부작용을 잠식의 속도 정도라고 생각했던 것과는 다르게, 설마 주도권을 빼앗길 줄이야.

머리를 빼앗긴 게 아니라, 그저 팔, 팔만이다.

하지만 팔은 공격과 방어의 핵심이다.

각성을 풀어 버리면?

—풀어봐. 난 네가 다시 애원해도 당분간 나오지 않을 테니까. 네가 나 없는 상태에서 저놈을 때려눕히고 도망을 갈 수 있을까?

"……."

펜릴은 말을 잃었다.

실제로 이기고 있던 건 사실이니까.

그가 없으면 펜릴은 저놈에게 꼼짝없이 죽고, 목걸이를 넘겨주어야 한다.

—성가신 눈을 가지고 있네.

칼바도스의 카두치의 눈 때문에 허초가 완전히 통하지 않는다.

'뭐하려고?'

—기다려 봐.

일부러 배를 때려 상체를 눕히더니 그대로 머리로 주먹을 날린다.

'자, 잠깐!'

-말려도 소용없어.

"끄아아악!"

고통소리가 들린다.

씨스톤이 일을 냈다. 칼바도스의 왼쪽 눈을 완전히 뜯어냈다.

왼쪽 손으로 머리카락을 붙잡더니 오른쪽손가락을 집어넣어 통째로 꺼냈다.

질릴 정도로 잔인한 행동이다. 펜릴은 그것을 잔인하다고 생각하지는 않지만, 이럴 게 아니라 끝장을 내야 한다.

칼바도스가 주춤주춤 뒤로 물러난다.

휑한 왼쪽 눈의 부위가 무섭게 짝이 없지만, 신경 쓸 일은 아니다.

'젠장!'

뒤에서는 기사들이 슬금슬금 다가오고 있는 게 느껴진다.

더 이상 시간을 끌어서는 이도 저도 되지 못한다.

-저 건방진 놈을 끝장내야겠어.

이럴 때가 아니다.

펜릴의 발은 반대를 가리키는 데, 팔은 칼바도스를 향해간다. 몸이 이러지도 못하고 저러지도 못하고 배배 꼬인다.

"좀 꺼지라고!"

펜릴이 망령을 각성시켜서 허리춤에 있는 마체테를 꺼내게 했다.

–너…….

"얌전히 뒈져!"

망령은 펜릴의 양쪽 어깨를 찔렀다. 양쪽 어깨에는 다름 아닌 각인의 문신이 있다!

문신이 손상이 가면, 펜릴과 마수간에 교감이 끊긴다.

문신의 손상뿐만 아니라 망령은 제법 깊게 검을 찔렀다. 그 때문에 양쪽 어깨가 제법 크게 다쳤다. 하지만, 아무 상관없이 펜릴은 그 저택을 나섰다.

자신을 공격한 놈 하나 죽이자고, 죽을 수는 없는 노릇이었다. 저택에 남은 저 녀석이 죽던 말던 상관은 없지만 일단 빠져 나가야 할 일이다.

'끄응.'

앞으로가 걱정이다.

씨스톤 이놈은 또 펜릴의 팔을 자기 멋대로 또 잠식해버릴 거다.

'아주 악마 같은 녀석이거든.'

클리드가 펜릴에게 이 팔을 넘길 때 했던 말이 자꾸 떠오른다. 팔을 베었으니 당분간은 조용할 거다. 그것도 하루 이틀이지, 며칠이 지나면 회복이 되어서 각인의 문신이 다시 이어지면 걱정스러워진다.

'클리드 그 영감은 이 녀석과 협상을 했었어. 나도 그럴 필요가 있어.'

♦

펜릴은 제도를 떠났다.

제도는 펜릴에게 많은 것을 남겼다. 하지만, 그만큼 숙제도 남겼다.

첫 번째 수확은 5가지 성물에 대한 정보를 얻었다는 것.

두 번째 수확은 그 성물 중 하나인 스펙터의 목걸이.

마지막으로는 의지와 상관없이 카두치의 눈을 얻었다.

씨스톤의 팔 만큼이나 구하기 어렵다고 알려진 카두치의 눈.

불과 한 쪽 밖에 되지 않는다고 해도 효과는 제법이다.

펜릴에게 없던 것을 채워줄 거다.

'항마력!'

씨스톤의 팔로 펜릴은 실체를 잡을 수 있고, 회복력도 얻었고 물리 데미지를 버텨낼 수도 있다. 씨스톤의 팔이 대부분의 물리 데미지를 상쇄하지만, 모든 물리 데미지를 상쇄하는 건 아니다.

사람들이 굉장히 착각을 하지만, 물리 데미지를 상쇄시킬 수 있는 마수들은 많고 많다. 하지만, 그 중 최고로 알려진 것은 씨스톤의 팔이다. 아직까지도 마수들은 연구되어가고 있다.

북방의 이민족들은 결국 그 땅을 떠나지 못하고 그 근처를 돌아다니며 링크를 발전시켰다. 하지만, 제국은 다르다. 대륙 곳곳을 돌아다니며 링크가 발전되어갔다. 발전 속도가 남다를 수밖에 없다. 실제로 마수들은 대륙 곳곳에 포진되어 있기 때문이다.

어쨌건 최고를 얻었으니 이젠 항마력을 얻을 차례다.

펜릴은 항마력은 트론왕의 날개에서 얻을 생각이었다.

성물들은 모두 한 가지씩 뛰어난 능력을 가지고 있다.

그중 트론의 왕 날개는 펜릴을 하늘의 제왕으로 만들고, 항마력 중에 최고의 항마력을 가져다 줄 거다.

카두치의 눈은 트론의 왕 만큼이나 뛰어난 항마력을 가지고 있는 건 아니다.

실제로 마수들의 능력들 중 2가지 능력을 가지고 있는 아주 특이한 것들이 존재한다. 그런 특이한 것들은 실제로 가격이 아주 비싸고, 귀하기가 드물다.

예를 들면 펜릴이 가지고 있는 곤조의 발목의 능력은 곤조 처럼 뛰어다닐 수 있다는 것. 그것 하나뿐이다.

하지만, 씨스톤의 팔은 물리 데미지를 상쇄할 수 있고, 또 실체를 잡을 수 있는 손이며, 팔 뿐만 아니라 몸 전체에 바닷물을 닿는 것만으로도 재생을 시킬 수 있다.

3가지 능력이라고 말하지만, 사실 크게 생각하면 2가지다.

물리 데미지를 상쇄하는 건 그냥 씨스톤의 팔이 단단하기 때문이다.

그럼 스펙터나, 혹은 망령같이 실체가 없는 놈들을 손으로 붙잡을 수 있고, 재생을 시키는 것으로 능력을 인정받는 거다.

카두치의 눈도 두 가지다.

실체를 볼 수 있는 것.

잡을 수 있는 것과는 다르다. 볼 수 있는 거다. 망령은 눈에 보이는 거지만, 카두치의 눈은 눈에 보이지 않는 것들도 모두 볼 수 있다. 그리고 일정 이상의 항마력까지 가지고 있다.

펜릴의 망령이 통하지 않았던 걸 생각하면 제법 뛰어난 항마력이다.

트론왕의 날개와 비교할 수준은 되지 않겠지만 그건 펜릴에게 부족한 걸 채워줄 수 있다. 실제로 펜릴은 마법사를 아직 적으로 만나지는 못 했지만, 분명히 쉽게 제압이 당할 가능성이 아주 크다.

대부분의 마법사들은 마법을 캐스팅하는 것 만으로도 몇 분 단위가 소모된다고 하였지만 기사들처럼 일부가 인간의 경지를 벗어난 초인의 경지에 오른 마법사들은 말도 하지 않고 마법을 부린다고 했다. 게다가 정령술사들은 캐스팅이 상관없이 정령마법들을 이용한다.

앞으로의 여정에 그런 자들을 피해서 만날 수 있을 거라고 생각하지는 않는다.

게다가 트론 왕이나 라트라 여왕은 항마력이 없이는 잡을 수가 없다.

하지만, 지금은 이르다.

펜릴은 눈을 아직 각성 시킬 생각이 없었다.

모르긴 몰라도 펜릴은 3차 각성 링커다. 아직까지 일례를 볼 때 그 누구도 4차 각성으로 가는 길을 열지 못했다.

'끄응…….'

제도를 떠난 펜릴이 곧바로 향한 곳은 스펙터들이 있는 곳이다. 목걸이를 얻었으니 이제 혼을 얻어야 한다. 혼을 얻어야 목걸이가 제 역할을 해줄 거다.

하지만, 그 전에 난관에 봉착했다.

망령에게 손상을 입은 어깨라는 녀석이 도저히 나을 기미가 보이지 않는다. 물론, 하루 이틀 안에 나을 거라고 생각한 건 아니지만 이미 며칠이나 소요된 상태다.

검은숲에서 망령의 에너지를 이용하여 붉은 트롤을 베

자 트롤은 재생을 하지 못했다.

'그것과 비슷한 건가…….'

펜릴은 곧바로 우회를 했다.

일단, 좋든 싫든 이 씨스톤이라는 녀석과 대화를 해야 한다.

펜릴은 일단 가장 가까운 바닷가로 향했다.

바닷가를 구경할 여유도 없이 펜릴은 일단 바닷물을 어깨에 끼얹었다. 며칠 동안 어깨를 제대로 사용하지 못했으니 펜릴이 불편하기 짝이 없었다.

"크으윽……."

펜릴이 인상을 찡그렸다.

바닷물을 끼얹자 어깨가 화끈거리기 시작했다. 불이라도 데인 듯한 느낌이다. 그 시간이 지나자 어깨가 점차 되돌아오기 시작한다.

펜릴은 이 녀석에게 필요한 게 있었다.

"나와."

그 한 마디에 곧바로 반응이 온다.

-후암…… 뭐야?

잠을 자고 있었던 건지 굉장히 여유롭다.

펜릴은 천천히 입을 열었다.

"너랑 협상을 하고 싶다."

◆

–협상?

협상의 여지는 충분히 있다.

이 녀석은 펜릴의 머릿속을 들여다보는 건 불가능하다. 그냥 생각만 하는 건, 펜릴 고유의 것.

하지만, 입 밖으로 내지 않고 마음속으로 이 녀석과 대화를 하고 싶다, 라고 생각을 하면 서로 간에 대화는 통한다.

이 녀석은 펜릴을 잡아먹기 위해 안달이 난 놈이다.

그렇지 않다면 굳이 카두치의 눈을 빼어 올 이유가 없다.

눈이라는 부위는 부담이 없다. 잠식 속도도 현저하게 느리다.

하지만, 펜릴은 3차 각성 링커다. 만약 눈 까지 달게 되면 4차 각성을 하게 된다. 숫자 하나가 커지는 건데, 잠식 속도는 분명히 미묘하게라도 빨라질 거다. 몸의 부담은 높아지고 체력 소모는 빨라진다.

펜릴은 스스로가 3차 각성 링커라는 걸 의식하고 있다.

그래서 웬만하면 3가지 마수들을 한꺼번에 꺼내는 일은 자제하는 편이다. 게다가 망령은 꺼내봤자, 장단점이 너무 확실하다. 망령을 사용하는 것 보다 실제로 에너지를 사용하는 편이 펜릴의 본인에게는 더 좋았다.

다만, 카두치의 눈까지 달게 되면 분명히 눈에 의존하는 일들이 많게 될 거다.

게다가 하루 이틀이야 실감을 못할 테지만, 장기적인 측면에서 보면 잠식의 속도는 분명히 굉장한 차이를 보일 거다.

1년, 2년까지는 뭐 그렇다 쳐도 10년, 20년이 지나면 후회할 날이 반드시 온다.

물론 펜릴은 그때까지 이 여정을 계속할 생각은 전혀 없었다.

최소 3년 안에는 이 여정을 끝내고 불사의 초를 얻어야 한다.

펜릴은 굉장히 빠른 시기에 링커가 됐다. 그리고 빠른 시간에 강해졌다.

걷기도 전에 뛰기 시작했고, 뛰기도 전에 나는 격이다.

그 부작용은 반드시 올 거다.

여러 측면에서 생각해봤을 때 펜릴은 스스로 더 강해질 필요가 있었다.

첫 번째 단계는 씨스톤.

이 녀석을 팔에 정착시켜야 했다.

♦

"그래, 협상."

-어떤 협상을 하자는 거야?

"마수들이 원하는 건 한 가지뿐이잖아?"

잠식.

인간의 몸을 천천히 잠식하며 위로 올라가 뇌까지.

그리고 몸을 완전히 차지하는 것.

-그렇지.

"원하는 걸주지."

파격적이다.

인간은 끔찍하게 잠식을 당하는 걸 좋아하지 않는다.

자아를 잃는다니. 그건 완전한 영혼의 소멸이다. 이미 영혼의 절반은 주술의 악마에게 빼앗겼다. 하나의 그릇에 완성된 영혼이 정착해 있는데, 절반이 빼앗겼으니 그 나머지 절반을 채워야 한다. 그 절반이 바로 마수다. 그 마수들은 천천히 그 그릇을 잠식하고, 자신의 것으로 채운다.

영혼을 소멸당하는 걸 좋아하지 않는다.

그래서 인간이란 족속들은 잠식을 당하기 직전 자살을 택한다. 실제로 수명의 절반을 잃는다고 해도, 잠식 때문에 그것 만큼도 살지 못하는 거다.

그래서 틈틈이 관리를 하는 것이 중요하다. 정말 필요한 순간이 아니면, 각성을 하지 않고.

물론, 각각의 장단점은 존재한다.

각성을 오래하면 오래 할수록 그만큼 마수와의 링크율이 상승하여 능력을 발휘하는 데 좀 더 용이한 몸이 된다.

하이 리스크 하이 리턴.

다만, 각성을 하면 할수록 잠식되는 속도는 빨라진다.

'난 당장 이 녀석의 힘이 필요하다.'

3가지의 성물이 남아 있다.

씨스톤을 빼놓고는 절대 남은 성물을 모을 수 없다.

게다가 펜릴은 라크와 티라도 찾아야 한다. 할 일은 아직 무수히 많이 남았다.

어차피 각성을 해야 한다면, 그 각성을 해야 하는 시간을 효율적으로 사용할 필요가 있었다.

-그래서 원하는 게 뭔데?

"권술."

당황하기는 했지만, 펜릴은 이 녀석이나 클리드가 사용하는 권술에 매력을 느꼈다. 여성을 보고 매력을 느낀 것도 아니고 권술에 매료가 되다니.

농담 같지만, 이건 사실이다.

펜릴은 권술을 배울 필요가 있고, 조금 더 강해질 필요가 있었다. 가지고 있는 무기의 질로 상대하는 건 너무 구시대적이다.

좋은 무기를 내 것으로 만들어야 만, 최고의 효율을 뽑을 수 있다는 걸 펜릴은 알고 있었다.

펜릴은 점점 더 강해질 거다.

그럼, 마찬가지로 점점 더 강한 녀석들이 나타난다.

그 녀석들을 상대하기 위해서라도 펜릴은 더 강해질 필요가 있었다.

"하루에 두 시간. 네놈이 원하는 대로 각성을 해주지. 대신 그 시간 동안 나에게 권술을 가르쳐."

이 녀석이 어떻게 그런 현란한 권술을 가지고 있는 줄은 모른다. 하지만, 이 녀석은 분명이 클리드와 같은 권술을 사용한다.

한낱 마수가 권술을 사용하다니.

놀라 자빠질 일이다.

물론, 이렇게 마수와 대화를 하는 것부터가 미친놈 소리 듣기 좋지만.

-내가 왜?

다만, 대답은 엉뚱하게 나왔다.

'뭐?'

펜릴은 갑자기 후회가 들었다.

조금은 순수하게 다가갔던 면도 없잖아 있다.

-이봐, 농담하지 말라고. 내가 네놈에게 권술을 가르쳐서 2시간씩 각성을 한다고 해도, 잠식 속도는 분명히 빨라

지겠지. 하지만, 서두를 필요 없다고. 인간들은 불사의 존재를 꿈꾸지만, 사실 불사의 존재에 가장 가까운 건 바로 나 같은 녀석들이야.

"……."

펜릴은 아무 소리도 안하고 그냥 듣고 있었다.

사실 생각해보면 이 마수란 놈들도 결국은 영혼의 일부다.

그걸 인간의 몸에 각인시킨 뒤, 힘을 끌어다 쓰는 것뿐이다.

문제는 이놈들은 죽지 않는다는 거다. 물론, 잠식을 하고 있던 인간이 죽고 몇 년이 지나면 이들은 썩어 문드러진다. 썩어 문드러지면 죽음이 찾아온다. 하지만, 씨스톤은 최상급 마수다.

썩는 것도 느리고 이 녀석을 그대로 내버려둘 녀석은 없다.

당장 칼루스에 가서 나에게 씨스톤의 팔이 있다! 라고 알린다면 정신없이 링커들의 공격을 받을 거다. 씨스톤은 이놈 저놈 팔을 옮겨 다니며 영원한 삶을 영위할 거다.

이 녀석들이 잠식을 바라는 이유는 몸을 차지하고 싶어서다.

링커의 일부가 아니라, 몸 전체를 가지고 싶어 하는 거다.

그러다 인간의 몸이 죽을 때가 되면 다시 다른 놈의 팔로 옮겨 갈 수 있다.

불사의 초가 없어도 영원한 삶을 사는 건 링커들의 마수들이라고 볼 수 있다.

펜릴은 2시간을 하루 동안 내주면 얻는 것이 두 가지가 있다.

첫 번째는 막강한 권술.

두 번째는 팔의 주도권.

결국 펜릴이 팔을 빼앗긴 건 부작용의 일부다.

처음부터 착실하게 단계를 밟아 왔으면 절대로 빼앗길 일은 없었다.

주도권을 빼앗아 오기 위해서는 몸을 적응시켜서 놈이 다시 기어오르는 일은 없도록 만들어야 한다.

물론, 그것으로 펜릴이 잃는 것은 하나다.

잠식의 속도다.

씨스톤은 이럴 때 능구렁이로 변신한다.

자신은 잃을 게 없다 이거다.

어차피 펜릴은 3차 각성 링커라, 잠식 속도가 빠르다. 뿐만 아니라 최상급 마수까지 달았으니 그 속도는 더 빠르게 진행 될 거다. 누워서 입만 벌리고 있으면 사과가 입 안으로 들어오는 데, 욕심 부려서 나무를 흔들 필요는 없다.

가만히 기다리면 왕이 될 수 있는데, 아버지를 죽이고 왕이 될 필요가 없다 이 말이다.

씨스톤이 경계하는 일은 하나 뿐이다.

인간이 자살을 해버리는 것.

그럼 공든 탑이 와르르 무너진다.

클리드 때가 그랬다.

물론, 씨스톤은 클리드의 몸에 있을 때 그다지 좋은 기억은 아니었다. 완벽하게 마수들을 제어하는 클리드, 트론과 랩터.

모두 최상급 마수들이다.

클리드의 몸을 빼앗았다고 해도 주도권 싸움을 할 수밖에 없다.

씨스톤은 펜릴의 몸이 편하다.

망령이나, 곤조나 모두 그 앞에서 얼굴도 제대로 피지 못할 녀석들이다.

어차피 망령이라는 녀석은 심장에 콕 하니 박혀서 나올 생각도 없어 보이고 곤조도 하체에 있는 것으로 만족하는 듯 하다.

-내가 득을 보는 게 없다고. 이래뵈도 내가 가지고 있는 권술은 200년이 넘은 거야.

펜릴은 그 얘기를 듣고 인상을 찡그렸다.

'맙소사, 그럼 대체 이놈은 몇 년이나 된 거야?'

머릿속으로 생각만 한 게 아니라 마음속에서 튀어 나와 버렸다.

-300살은 넘었을 거다. 인간의 기준으로.

엄청난 기간이다!

-처음에는 한 이민족의 칼에 잡혔다. 그 뒤로 계속 해서 옮겨 다녔으니 꽤나 오래 살아남았지.

이쪽, 저쪽.

인간의 수명은 한계가 있으니 계속해서 옮겨 다닌 거다.

인간들 세계에 링커가 알려진 건 30년이 되지 않았다.

처음에는 당연히 주 대상이 이민족들이었을 거다.

-이민족들이 사용하는 권술이었으니, 손과 발 기술에 최적화된 것뿐이다.

이민족들은 제국이나 다른 왕국들만큼 발전한 곳이 아니다.

아직도 문명이 발달하지 못했고, 제국보다도 수 백 년은 뒤쳐진 삶을 살고 있는 게 맞았다.

200년 전이면 제대로 된 무기도 없었을 거다. 그러니 자연스럽게 손과 발 기술이 발달한 거다. 특히 링커들은 마수들을 이용하여 체격과 힘이 붙었을 테니 씨스톤의 팔을 달고도 충분히 손쉽게 사용할 수 있다.

여러모로 장점이 많았다.

그런 걸 호로록 2시간 주겠다고 가르쳐 달라고 한 거다.

그 권술의 가치 따위는 물론, 씨스톤에게 알 바는 아니다.

하지만 펜릴의 제안 자체가 워낙 어이가 없었다.

물론 펜릴은 아직 자신의 패를 전부 보여준 건 아니었다.

“한 가지 약속해주지.”

–뭘?

또 어떤 카드를 꺼낼 것인가.

“절대 자살 따위는 하지 않겠다.”

♦

펜릴은 바닷가를 떠나지 않았다.

줄곧 산에서만 살았던 펜릴에게 바다는 뭔가 다른 느낌으로 다가왔다. 비린내도, 시끄러운 파도 소리도 제법 정겹게 들려왔다. 숲에 있을 때는 나무들 때문에 살이 탈 일이 없었는데 바닷가의 햇볕은 강렬했다.

근처에 적당한 여관을 잡고 투숙을 했다.

물론, 이번에도 여관을 잡을 때 여러 가지 상황을 비교해본 뒤에 결정을 했다. 액수는 그 다음 문제다.

스펙터의 혼을 구하기 위해 당장 움직이지는 않았다. 생각해보면 미친 일이다. 이 정보는 펜릴이 단독으로 얻은 것이 아니다. 이미 황제나 오르도가 알고 있는 곳들이다. 그곳에 펜릴이 모습을 드러낸다면 결코 좋은 미래가 기다리고 있지는 않을 것 같았다.

상황이 제법 잠잠해질 때 까지는 기다릴 필요가 있었다.

"크!"

쏴아아아-

펜릴은 한 차례 바닷물에 몸을 담그고 나왔다.

마구잡이로 뒤틀렸던 몸이 다시 자리를 잡았다. 정말이지 신기한 몸이었다. 씨스톤의 팔이라는 이름답게, 바다의 생물이 맞았다. 바닷물에 들어가면 어떤 상처도 순식간에 복구가 된다. 혹시나 해서 팔이 아닌 다리나 배에 생채기를 내봤는데, 그것마저도 바닷가에 들어가자 곧바로 재생을 시작해 버린다.

펜릴은 현재 굉장한 구슬땀을 흘리고 있었다.

"정말이지 미친 짓이로군."

-징징대지 마라. 우는 소리 할 거면 당장 그만둘 테니까.

권술을 가르쳐 달라고 했더니, 씨스톤은 펜릴을 마구잡이로 굴렸다. 몸에 상처가 늘어나니 바닷가 한 번 들어갔다 나오는 걸로 해결되었다.

문제는 재생을 할 때 마다 느껴지는 이 고통은 정말 죽었다 깨어나도 다시 느끼고 싶지 않았다.

하루에 2시간.

펜릴은 협상 결과에 따라 권술을 배우고 있다.

'자살금지.'

이게 강력하게 먹혔다.

뇌를 차지하기 직전 죽어버리는 것만큼 열 받는 일도 없다.

그런데, 펜릴은 자살을 하지 않겠다고 했다. 자아를 잃는 것을 선택했다는 거다.

씨스톤은 이걸 받아 들였다. 펜릴은 아직 젊다. 그가 잠식이 되어 뇌를 차지했을 때가 되어도 지금 보다 나이를 크게 먹지 않은 상태일 거다. 여러모로 아쉽지 않은 거래였다.

"누가 그만둔다 했나?"

펜릴은 툴툴 거리더니 바깥으로 나와 몸을 털었다. 씨스톤은 예정보다 이른 시간에 훈련을 끝냈다.

-오늘은 끝이다. 피곤하니 난 쉬러 가겠다.

씨스톤은 그 말을 끝으로 입을 다물어 버렸다.

씨스톤을 무려 2시간 동안이나 각성하고 있었더니 펜릴도 어깨 전체가 무거운 느낌이었다.

펜릴은 각성을 풀고 모래사장에 다리와 팔을 벌리고 누워 하늘을 쳐다보았다.

'멀지 않았다.'

몬스터 링크

monster link

팬텀 라지아

NEO FANTASY STORY

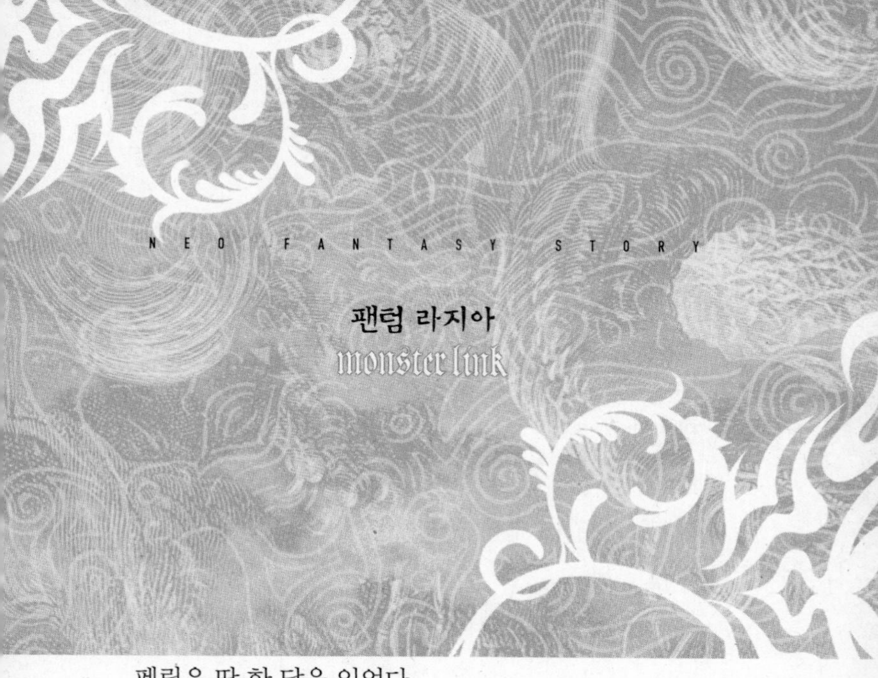

펜릴은 딱 한 달을 있었다.

특성상 펜릴을 한 곳에 오래 머물러서 좋을 게 없었다.

우선적으로 해결해야 할 일들도 있었고, 슬슬 돌아가는 정황이나 분위기를 파악해둘 필요가 있었다.

"저기요."

귀엽게 생긴 여관 주인 딸이 펜릴에게 얼굴을 붉히며 도시락을 건넸다.

"고마워요."

"가시면서 드세요."

장기 투숙을 했으니 이리저리 얼굴을 자주 부딪쳤다. 여러 번 일을 도와줬더니 인사를 하는 사이가 되었고, 그 뒤로 몇 번 인가일을 계속 도와줬다.

이곳 일상은 여유가 가득했다.

2시간 정도 수련을 하고 나면 펜릴은 할 일이 그렇게 많지 않았다.

나머지 시간은 따로 개인수련을 하거나 그동안 즐기지 못했던 시간 적 여유를 최대한 즐겼다.

"맛있네."

펜릴은 얼마 안 가 도시락을 까먹었다.

풍성한 반찬은 아니더라도 정성이 들어갔다는 것 만큼은 알 수 있었다.

'날 좋아했나?'

스스로 생각해도 눈치가 그다지 없는 것 같다.

몇 번 인가 마음을 표현한 여인들이 있었던 것 같은데, 펜릴이 생각해보면 눈치를 못 채는 경우가 많았던 것 같다. 남자도 먼저 마음을 고백하는 게 쉽지 않은 데 여자들이 먼저 그러는 걸 보면 미안하기 짝이 없는 일이다.

목이 막혔던 펜릴은 허리춤에 찼던 수통을 꺼내 입으로 넘겼다.

"켁! 켁! 콜록, 콜록."

펜릴은 목에 삼키자마자 곧바로 뱉어냈다.

입 안으로 짠 맛이 확 느껴졌다.

"이게 뭐야?"

펜릴은 곰곰이 생각하다가 깨달았다.

내륙지방으로 들어가 버리면 다시 바닷가를 보기가 쉽지 않으니, 수통에 가득 담아온 거다.

'수통하나 사야겠네.'

펜릴은 괜히 뒤를 한 번 돌아봤다.

받아 주고 싶어도 그럴 순 없었다.

펜릴에겐 아직 해야 할 일이 잔뜩 남아 있었다.

◆

망자의 유적지.

약 350년 전에 일어났던 전쟁으로 인해 이곳에서 무려 1만 명이 넘게 사망하는 치열한 전투가 벌어졌고, 그 뒤 억울하게 죽은 망자들의 혼이 모여 언데드(undead)들을 양성시켰다.

혹자들은 마법사들 중에서도 아주 사악한 마법사들이 언데드들을 만든다고 했지만, 맞는 말이기도 하고 아니기도 하다.

결국 마법의 힘이라는 건, 자연의 힘을 빌려 사용하는 것에 불과하다. 생각해보면 자연이 할 수 없는 일을 마법사들도 할 수 없다는 걸 의미하는 거다.

언데드들은 마법사들과는 상관없이 망자들의 혼이 모이

고 모여 그것이 하나의 실체적인 힘을 가지게 되면 생겨난다. 이런 경우 언데드들의 힘은 굉장히 막강하다.

마법사들은 그런 사악한 망자들의 혼을 이용하여 강제적으로 언데드들을 소환할 수 있는데, 분명한 건 힘의 차이가 꽤나 크다는 거다.

아직 망자들의 힘이 다 모이거나 쌓이지 않았는데, 그걸 억지로 끌어다 쓰기 때문이다.

이렇게 언데드들이 생겨나면 그곳을 사람들은 망자의 유적지라고 부른다.

그래서 대륙 어디에서 망자의 유적지가 생길 줄은 잘 알 수가 없다. 과거 수 천 년에 있었던 전쟁으로 인한 피해로 언데드들이 생겨나기도 한다.

대륙 어디를 봐도 전쟁이 나지 않았던 땅은 존재하지 않는다.

지금까지의 대륙 역사는 피로 점철된 전쟁으로 일궈진 것들이기 때문이다.

펜릴은 망자들의 유적지로 가면서도 한 시도 가만히 있지 않았다.

바닷가에 있던 펜릴은 사실 이번 일이 굉장히 좋은 기회가 될 수 있다고 생각이 들었다. 고작 하루에 두 시간이지만, 펜릴은 하나도 놓치지 않고 얘기를 들었다.

앞에 누군가 있어서 따라하는 건 아니지만, 씨스톤이 직접 움직이면서 배우니 솔직히 금방 금방 외웠다.

게다가 여러 가지 복합적인 이유가 곁들어 졌다.

펜릴은 술을 즐겨 하거나 그렇다고 여자를 하는 것도 아니다.

바닷가는 심심한 동네다. 휴식과 수련, 이 두 가지 말고는 할 수 있는 게 없다. 2시간이 지나면 홀로 방금 익혔던 권술에 대해서 곰곰이 생각하며 복습을 했다.

그건 어느 날은 밤까지, 새벽까지, 아침까지 이어지기도 했다.

링커들은 워낙 잠을 안자기 때문에 크게 문제가 없었다.

뭣보다 가장 큰 장점은 속도가 두 배 이상이라는 거다.

링커들은 시간이 두 배나 남들 보다 두 배나 빠르게 흐르는 시간 때문에, 1시간을 해도 2시간을 한 것처럼, 2시간을 하면 4시간을 한 것 같은 효과를 봤다.

'이런 게 또 도움이 되네…….'

해(害)만 되는 일은 없다.

1가지를 얻으면, 1가지를 잃는 것뿐이다.

망자의 유적지로 가는 길은 많은 시간을 투자하는 일은 아니다.

"마을이 있었네."

망자들의 유적지가 코앞이다. 그런데 마을이 있다. 모르긴 몰라도 피해를 입을 수밖에 없을 거다.

언데드들은 살아 있는 존재들에 대해 굉장히 부정적으로 생각한다. 물론, 언데드들 중에서도 좀비나 스켈레톤 같은 굉장히 수준 떨어지는 놈들이야 생각이 없지만, 항상 그 언데드 군단을 이끄는 녀석들이 존재하기 마련이다.

물론, 그 녀석이라는 존재는 인간일 수도 있고 혹은 아닐 수도 있고.

이곳에 존재하는 언데드들이 만약 마법사 같은 자들이 일으킨 거라면 인간의 명령을 받고, 그게 아닌 자연적으로 일어난 현상이라면 언데드들 중에서도 대장이 있기 마련이다.

펜릴은 마을에 들어가기를 굉장히 꺼렸다.

펜릴도 작은 마을에서 살아봐서 알고 있는데, 외부인들에게 굉장히 안 좋은 선입견을 가지고 있다. 특히나 이런 산속에서 살고 있는 자들이라면 더욱 그렇다.

이유는 뻔하다.

'귀족들의 횡포에 참지 못한 자들이 많겠지.'

이 시대에 귀족의 힘은 신을 위협할 정도로 막강하다.

오히려, 왕 보다 막강하다.

왕은 주위에 신하들이 존재하지만 귀족의 주위에는 비슷한 놈들만 득실거린다.

원래 멀리 있는 건달 보다, 가까이 있는 골목대장이 무서운 법이다.

영지민들을 영지민이라 생각하지 않고, 가축이라 여기

는 그 순간부터 착취가 시작된다. 특히나 제국처럼 거대한 제국일수록 착취가 더욱 심각하다. 왕의 손이 닿지 않는 지방들이 워낙 많기 때문이다.

그런 사람들이 갑자기 나타난 외부 사람을 반길 리는 없다.

실제로 이런 화전민들을 좋아하지 않아서 일부 귀족들은 기사나 병사들을 이용하여 강제로 통합시켜 버린다. 말을 안 들으면 본 보기로 한두 명 죽는 건 일도 아니다.

펜릴은 그들을 방해하지 않고, 그냥 주위를 겉돌기로 했다.

어차피 펜릴은 이곳에 오래 동안 있을 생각이 전혀 없었다.

마을에 들어가는 것 자체가 굉장히 위험스러운 일이다.

일단, 오르도.

그리고 캔슬러.

카사미가 캔슬러에게 스펙터에 대한 정보를 넘겼다.

물론, 캔슬러가 링커들이 굉장한 숫자가 죽어 나갔는데, 단 숨에 복구할 수 있을 것 같지는 않다.

마지막으로 오르도.

기사들이 상당수 죽었지만, 황제의 힘이라면 그래도 어렵지 복구가 될 거다.

애지중지 키운 기사들이 죽은 거야 뼈아픈 일이지만.

여러 가지 생각이 들지만 단언할 수 있는 건 아무것도 없다는 것. 일단 마을에 들어가는 건 안전이 확보되지 않은 상태에서는 금물이다.

어차피 펜릴은 이런 환경은 굉장히 익숙하다.

마을과 떨어진 위치에 우거진 곳을 골라 사람들이 잘 다니지 않는 곳. 그런 곳에 적당한 오두막을 만들면 된다. 펜릴은 마체테를 꺼내 들어 근처에 나무 몇 개를 베었다. 그리고 수풀을 바닥에 깔고 나무와 나무를 연결해 지붕을 연결한다.

펜릴은 일부러 힘을 강하게 주어 넘어뜨려봤다.

'됐다.'

지탱하는 힘도 괜찮고 비가 샐 것 같지도 않다.

"이 정도로 마무리 해 볼까."

집은 해결 했다. 하지만, 이대로 자는 건 위험하다. 펜릴은 간단한 트랩을 만들었다. 물론, 스펙터 같이 실체가 없는 언데드들에게는 소용이 없을 테지만 꼭 스펙터만 나타난다는 보장은 없다. 근처에 선들을 연결해서 그 선을 건드리면 작은 소리가 난다.

그 다음에는 식수.

사람이 사는 곳이니 근처에 물을 구할 수 있다는 건 쉬운 일.

펜릴은 물까지 떠다 놓고 한 구석에 놨다.

먹을 거야 사냥을 하면 구할 수 있고, 사람 하나 살 수 있을 만한 공간이 고작 몇 시간 만에 뚝딱 만들어 진다.

펜릴은 더 나아서 토끼 몇 마리를 잡아서 식사를 끝마쳤다. 그 뒤로는 할 일이 많지 않다. 그저 머릿속으로 상기했던 내용들을 하나 둘씩 꺼내 들며 권술을 익히는 것 뿐이다. 펜릴의 열정은 해가 지고 달이 뜰 때 까지 계속 되었다. 남들은 잠이 드는 시간이지만, 펜릴은 잠시 숨을 돌리고 밖으로 나섰다.

이젠, 할 일을 해야 할 때다.

◆

스펙터는 낮에 활동을 하지 않는다. 낮에는 눈으로 보이지도 않는다. 그때는 누군가를 공격하지도 않고 수면상태에 들어간다. 활동은 밤에 시작한다. 그때는 눈에 보이기 시작하고 인간들을 공격하기도 한다. 인간뿐만이 아니다. 토끼나, 멧돼지 같은 생물체들도 공격한다.

열 받는 건 일방적인 공격을 한다는 거다.

실체가 없기 때문에 공격을 당하지는 않는데, 스펙터가 공격을 하면 또 타격을 입는다.

일방적인 구타니 상대방 입장에선 충분히 열 받는 일이다.

게다가 그게 구타로 끝나지 않는다. 잘 못하면 죽는다.

잡기 위해서는 마법사나 신관을 대동해야 한다. 마법적인 타격에는 손상을 입는다.

펜릴은 망자의 유적지가 있는 곳으로 이동했다.

다행히 펜릴은 씨스톤의 팔 덕분에 스펙터에게 공격을 할 수가 있다. 씨스톤의 팔 이라는 것 자체가 실체를 현실로 끄집어 낼 수 있기 때문이다.

망자의 유적지는 스펙터만 있는 게 아니다.

스켈레톤, 좀비, 구울, 듀라한.

인간들과 관련된 언데드들은 즐비하다. 좀비나 구울, 스켈레톤 같은 경우야 워낙 힘이 없기 때문에 상관없지만 듀라한은 죽은 기사가 다시 살아난 거다.

언데드 특유의 지치지 않는 체력이 성가신 놈인데, 생존했을 때의 검술을 그대로 재현하기 때문에 상대하기가 제법 까다롭다.

왼손에는 자기 머리를 들고 다닌다.

지금도 그렇지만 과거의 전쟁은 패배를 했을 때 기사들은 모조리 참수형에 처한다. 그래서 기사들이 죽으면 그 땅에 억울한 감정, 혼 그런 기운이 쌓이기 시작하며 듀라한으로 되살아나는 거다.

왼손에 들고 있는 머리는 폼이 아니다. 저게 때때로 방패가 되기도 하고 무기가 되기도 한다. 두개골이라는 것 자체가 워낙 단단하기 때문에 상대하는 입장에선 짜증이 날수밖에 없다.

이래저래 원래 언데드라는 놈들 자체가 자연계에 해를

끼치는 놈들뿐이다.

"그래서……."

일단 스펙터가 있는 곳으로 오긴 했다.

펜릴은 왼손에 목걸이를 들었다.

오긴 왔는데, 막상 하려니까 방법이 기억이 제대로 나지 않는다. 클리드의 집에서 봤었던 것 같은 기분이 드는데.

-목걸에 있는 진주를 놈들의 몸에 가져다 대라. 원래, 그 목걸이 자체가 왕의 물건이기 때문에 놈들은 네가 왕인 줄 알고 착각할 거다. 스펙터의 왕은 자신이 체력이 떨어졌을 때 스펙터들을 흡수하는데, 그 흡수하는 물건이 네가 가지고 있는 목걸이다.

펜릴은 인상을 찡그렸다.

"무슨 수작이야?"

이놈이 순순히 그런 사실을 가르쳐줄 리가 없었다.

펜릴이 누구보다도 불사의 존재가 되는 걸 원하지 않는 녀석이 이놈이다. 펜릴이 불사의 존재가 되면 더 이상 씨스톤은 어쩔 도리가 없다.

완벽한 존재.

인간이 아닌 존재가 되는 거다.

-인간은 죽었다 깨어나도 불사의 초를 구할 수가 없다.

자신감에 찬 목소리다.

"왜?"

-내가 지금껏 생존했던 나날들을 기억해보면 인간들 중 그 누구도 불사의 초를 얻은 자는 없었다. 몇몇은 가까이 가기는 했지만.

씨스톤이 300년을 넘게 살아왔다 했으니, 그 기간 동안 아무도 구한 적이 없다.

"가까이 간 자가 있으니 성공하는 사람도 있겠네."

-네놈이 착각하고 있군. 불사의 존재가 된다는 건, 인간을 벗어나 완벽한 존재. 욕심을 부리지 마라. 인간은 절대 신이 될 수 없다. 인간들은 과거를 교훈으로 삼는다고 했으니, 이카루스를 생각해봐야 할 거다.

"이카루스?"

밀랍으로 날개를 만들어, 아버지의 경고에도 불구하고 태양 가까이 날아가 밀랍이 녹아 추락한 이카루스.

결국 신의 권위에 도전하면 이카루스의 꼴과 다르지 않다는 얘기다.

펜릴은 피식 웃었다.

인간도 아닌 한낱, 마수가 인간들의 전설을 알고 있다는 사실 자체가 웃음이 나온다.

그때, 펜릴의 앞으로 갑자기 하얀 영혼이 빠르게 지나갔다.

"어, 어?"

순식간에 일어났던 일이다.

기척도 없었고 소리도 없었다. 지금까지 다가오는 걸 펜릴이 알아차리지도 못했다.

펜릴의 고개가 옆으로 홱 돌아갔다.

—쫓아라, 어서!

지금까지 본 적도 없는 놈이다.

"뭐, 왜?"

펜릴의 궁금증을 씨스톤이 시원하게 풀어 주었다.

—팬텀 라지아다!

♦

라지아.

지금은 멸종 직전이기 때문에 잘 보이지 않지만, 수백년 전에는 말(馬)처럼 보기가 쉬웠다. 다루기가 굉장히 어렵기는 해도 일단 새끼 때부터 길들이기 시작하면 제 주인은 알아보곤 했다.

다리는 두 개 밖에 없지만 말 보다 빠르고 소식(小食)을 하면서 겁이 없어 인간을 태우고 전장을 누볐다.

당시에는 기사들의 전유물이곤 했는데 인간들의 무분별한 포획으로 대륙에서 보기 힘들게 되었다. 그 뒤로는 제국내에서 개체를 보호하기 위해 황실에서 키우는 몇 마리를 제외하고는 법으로 포획을 금지시켰다.

일명 황제나 가지고 있는 녀석이다, 이거다.

그런 놈이 언데드로 부활했다.

그게 바로 팬텀 라지아다.

인간들이 아니고 가끔 동물들이 언데드화(化)되긴 한다.

근데 그건 아주 특수한 경우다.

망자의 유적지에서도 정말 보기 힘든 일이다.

팬텀 라지아를 쫓고 있는 펜릴도 속으로는 슬슬 다리를 바꿀 때가 되었다고 생각했다.

곤조의 발목은 가장 먼저 펜릴이 잠식을 했던 거다. 곤조의 발목으로 인해 펜릴이 링커들의 세계로 뛰어 들어왔다.

하지만, 곤조는 하급 마수다. 조금 더 강한 마수들이나 다른 링커들, 수준 높은 기사나 마법사들에게 걸리면 여지가 없다.

때 마침 라지아가 나타난 건 행운이다.

거기다가 팬텀 라지아라니.

라지아도 아니고 팬텀 라지아!

그런데 생각해보니 각인을 할 때 문제가 드러난다.

'가만, 링크하는 과정에서 놈들의 피를 마셔야 하는 데 언데드는 좀비나 구울이 아니면 피가 없잖아?'

만약 좀비나 구울 같은 언데드의 피를 마셔야 한다는 생각이 들면, 끔찍한 느낌이 든다.

하지만 스펙터도 그렇고 저 팬텀 라지아도 그렇고 실체

가 없는 녀석들이다.

–멍청한 놈이군. 피라는 건 결국 놈과 네놈의 연결고리일 뿐이다. 네놈이 강력하게 원한다면 너의 영혼을 관장하는 주술의 악마가 나타날 거다.

“아!”

심장에 있는 망령이 그랬다.

딱히 흑요석이나 시약이 없는데도 불구하고 펜릴은 심장에 각인을 성공했다.

‘이 녀석이 날 이렇게 돕는 게 수상한데.’

이유 없이 도울 만한 녀석이 아니다.

하지만, 팬텀 라지아를 펜릴이 취하면 서로에게 좋은 일이다.

펜릴은 곤조에서 벗어날 수 있고 팬텀 라지아는 분명히 곤조 보다는 상위 마수로 취급할 수 있다.

팬텀 라지아의 최대 장점은, 그냥 라지아보다 더 빠르고 강력하며 지치지 않는다는 거다.

펜릴은 곤조와의 적응은 끝났다. 이제 더욱 상위 포지션으로 가는 건 그에게 부담 될 일은 없다. 물론, 잠식 속도가 조금 더 빨라지는 건 당연한 일이지만.

최소한 부작용은 일으키지 않을 것 같다.

‘근데…….’

팬텀 라지와의 거리가 점점 벌어진다.

펜릴은 곤조를 각성시키고 망령의 에너지를 적극적으로 활용했다.

"헉, 헉!"

숨이 가빠오기 시작한다.

'이, 이게 말이 돼?'

이제야 언데드의 무서움을 조금 알 것 같다.

망령의 에너지 때문에 펜릴은 쉼 없이 체력을 공급 받는다. 심장이 그렇게 펌프질을 한다. 그런데도 라지아와의 격차는 줄 지를 않는다.

언데드는 지치지 않기 때문이다.

펜릴은 결국 백기를 들었다.

자기보다 빠른 상대, 지치지 않는 상대를 뒤쫓는 건 미련한 짓이라는 걸 깨달았기 때문이다. 더군다나 펜릴이 쫓아온다는 걸 깨달아서 인지 라지아는 더 빠르게 뛰었다.

여러모로 허탈한 순간이었다.

♦

-이곳, 망자의 유적지에 묶여있는 녀석이다. 놈은 멀리 벗어나지 못해.

끼리끼리 어울린다고 했던가.

씨스톤은 자신이 마수라는 걸 알고 있는 지, 라지아의

마음을 이해하는 것 같았다.

하지만, 다시 본다고 해도 펜릴은 팬텀 라지아를 잡을 자신이 없었다.

유령처럼 사라지는 상대를 무슨 수로 잡는단 말인가.

'다음은 망령을 이용해야 겠다.'

망령을 이용해 광범위한 트랩을 만들 수도 있을 것 같다.

물론, 방금 전 처럼 추적을 해야 되는 상황이라면 죽었다 깨어나도 펜릴도 그렇고 망령도 그렇고 쫓을 수가 없다. 망령이 아무리 빨라도 라지아 보다 빠르지는 않으니까.

펜릴은 라지아에 대한 생각을 완전히 잊었다.

팬텀 라지아는 분명히 엄청난 메리트를 가진 마수라고는 해도 얻을 수 없다면 먹기 좋은 떡에 불과하다. 모든 마수를 원하는 것 마다 얻을 수는 없는 노릇이었다.

아쉬움은 뒤로 하고 일단 스펙터에 대한 집중을 해야 할 때다.

스펙터가 있는 곳으로 되돌아오자 듀라한과 스펙터들이 뒤 섞여있다.

펜릴 입장으로써는 빠르게 혼을 얻어야 하기 때문에 듀라한과 스펙터가 떨어지는 것을 기다리지는 않았다. 듀라한이 지치지 않는 체력과 강인한 검술을 사용한다고 하더라도, 초인의 경지까지라고 말할 순 없었다.

오히려 펜릴은 좋은 상대를 만났다는 생각이 들었다.

아무리 좋은 권술을 가지고 있다 하더라도, 상대방이 없이 혼자 수련을 하는 거라면 한계가 느껴지기 마련.

펜릴은 씨스톤의 팔을 각성 시킨 채 일단 듀라한에게 달려들어 머리통을 발로 차고 검을 손으로 막아 낸 뒤 몸을 완전히 박살내버렸다.

그래도 슬금 슬금 몸이 다시 붙기 시작하더니 원상복구가 된다.

–머리를 박살내라. 언데드라는 족속들은 모두 머리가 약점이다.

"나도 안다고."

펜릴도 알고 있는 사항이었다.

날아간 머리를 발로 밟아 주니 듀라한은 더 이상 깨어나지 못했다.

이후 일도 마찬가지였다. 펜릴에게 직접적으로 위험이 가는 건 스펙터들이 아니라, 결국은 듀라한들.

듀라한들의 검술을 유심히 지켜본 뒤에 권술을 사용하여 쉽게 제압.

이것의 반복이었다.

듀라한들이 각기 다른 검술을 사용하니 펜릴로써는 좋은 경험이 된다.

물론, 이들은 마나를 잃었다. 마나라는 것은 자연스러운 것.

부활한 부자연스러운 이들에게 결코 깃들지 않는다.

마나가 없으니 위력적인 검술도, 반감이 되어 버린다.

펜릴은 따분함을 느낄 때 쯤 듀라한을 모조리 박살내고 스펙터들을 손으로 붙잡았다.

어쩔 수 없는 작업이라고 해도 썩 좋은 촉감이라고 볼 수는 없었다.

한 손으로 스펙터를 잡고 나머지 손에 목걸이의 진주를 잡은 뒤에 몸에 가져다 대는 것만으로도 스펙터의 몸이 서서히 사라졌다.

키에에엑-

기괴한 음성은 절로 인상이 찡그려진다.

"된 건가?"

펜릴 스스로가 목걸이를 쥐고 고개를 갸웃했다. 진주의 색이 살짝 변한 느낌도 든다.

-하나 가지고는 턱도 없다.

'그럼 그렇지…….'

-목걸이의 진주 색이 하얗게 변할 때 까지 해라.

신이 정한 굴레를 벗어나 다시 태어난 이들이 바로 언데드다.

스펙터 하나가 아니라 스펙터의 엄청난 양의 혼을 모조리 빨아 들여야 효과를 볼 수 있다.

펜릴에게 스펙터들은 강한 마수들은 아니었다.

닥치는 대로, 보이는 대로 펜릴은 스펙터들의 혼을 흡수했다.

그러자 슬슬 스펙터들이 펜릴을 보자 피하는 모습도 보였다.

'이쯤 할까?'

하늘을 슬쩍 쳐다보니 해가 뜨고 있었다.

게다가 목걸이도 하루에 저장된 양이 존재했는지, 점점 혼을 흡수하는 속도가 느려졌다.

펜릴은 그곳에서 첫날을 마무리했다.

◆

스르릉, 스르릉-

펜릴의 눈이 번쩍 뜨였다.

오두막 주변에 쳐 놓은 트랩들이 작은 소리를 내기 시작한다.

휘이잉!

주변에는 강한 바람이 불어온다.

'바람인가?'

펜릴은 바깥으로 고개를 살짝 내밀었다. 바람으로 확신을 할 수 있는 상황이 아니라면, 직접 눈으로 판단을 해야 한다. 펜릴은 자신이 본 것만 믿는 경향이 조금 없잖아 있었다.

돌다리도 두들겨 보고 건너는 만큼, 사방으로 고개를 돌렸다.

'또 나타났군.'

일주일째다.

팬텀 라지아라는 녀석은 매일 같이 이 주위를 돌았다.

하루 이틀은 그렇다 쳐도 그 이후로도 펜릴은 라지아를 건드릴 수가 없었다.

쓰아아아-

펜릴의 옆으로 망령이 떠올랐다. 망령은 오두막을 나가 공중으로 올라가 새로운 시야를 밝혔다.

망령의 눈.

정말 이상한 녀석이다.

한가롭게 풀이나 뜯어 먹고 있는 언데드라니.

풀을 뜯어 먹는다고 한들, 풀을 진짜 먹고 있는 건 아니다.

그냥 살아생전 했었던 그 행동을 죽어서도, 되살아나서도 계속 이어가고 있는 것뿐이다. 듀라한들이 생전에 사용하던 검술을 사용하듯이 말이다.

'이번엔 기필코 잡는다.'

펜릴은 무거운 엉덩이를 들어 올렸다.

망령을, 망령의 눈으로 사용하고 있는 만큼 펜릴은 이제부터 에너지를 사용하지 못한다. 그렇다는 건 온전히 곤조의 발목을 사용해야 한다는 것.

'씨스톤의 팔은 나중에.'

팔은 무거워진다. 그러면 달리는 속도가 느려지고, 체력이 순간적으로 떨어진다.

기척을 숨기는 건 전문이다.

풀을 뜯어 먹다가도 무언가 다가온다 싶으면 무작정 도망가는 녀석이다. 풀을 한 번 뜯어 먹고 고개를 들어 올려 주위를 한 번 살펴보고.

경계가 철저한 놈이니 만큼, 천천히 다가가야 한다.

펜릴은 더 천천히 다가갔다.

놈이 떠나버리는 건 아닐까 하는 생각이 들자 땀이 흘렀다.

'다 왔다.'

놈의 뒤를 점했다.

고개를 옆으로 밖에 틀지 못하는 녀석이니 만큼 뒤는 보지 못할 거다.

서서히 망령의 눈을 거두어들이고, 망령을 포획도구로 사용하기로 했다. 안개로 바꾸어 놈의 발을 묶을 순 있지만, 그 전에 도망갈 확률은 크다.

펜릴은 씨스톤의 팔을 각성시켰다. 놈은 실체가 없으니 씨스톤이 아니면 놈을 잡을 수가 없다.

땀 한 방울이 볼을 타고 내려와 바닥에 떨어진다.

뚝!

별거 아닌 소리였을지 몰라도, 펜릴에게는 크게 들렸다.

투투-

놈이 머리에서 김을 뿜어 댔다.

생긴 건 타조를 닮은 곤조와 비슷한데 전체가 비늘로 뒤덮인 모습은 랩터를 연상시키기도 한다. 머리 옆에 난 양쪽의 구멍에서 김을 뿜어대더니 갑자기 앞으로 달아났다.

'쫓아!'

펜릴의 말이 나오기도 전에 망령이 크기를 늘리며 펜텀라지아를 덮쳤다.

"빌어먹을!"

경계망을 벗어났다.

펜릴은 놈의 꽁무니를 보고 무작정 쫓아가기로 했다.

'돌아와!'

망령이 순식간에 펜릴의 몸 안으로 들어온다.

펜릴의 속도가 한층 더 빨라졌다. 하지만, 놈의 속도를 쫓기엔 무리다.

펜릴은 붉은 나무로 만든 복합궁을 꺼내 들었다.

달리면서 시위에 화살을 거니 제대로 초점이 맞지 않는다.

펜릴이 가장 잘 다루는 무기가 뭐냐? 라고 물었을 때 자신있게 대답한다면 그건 활이다. 어떤 무기도 보다도 활은 자신이 있다. 하지만, 펜릴은 신궁이라 불릴 만한 실력이 아니다. 달리면서 정확히 맞춘다는 건 쉽지 않다.

펜릴은 망령의 에너지를 화살에 담았다. 이 에너지가 없으면 실체가 없는 펜텀 라지아를 맞출 수가 없다.

화살이 붉게 물들며 촉에 작은 회오리가 머물렀다.

투우!

강력한 복합궁의 소리가 들린다.

삐이익-!

김이 나오는 속도가 더 빨라졌다.

'마, 말도 안 돼는!'

날아오는 화살을 보고 대쉬를 하더니 그 자리를 벗어난다.

펜릴은 연속해서 화살을 쏘아냈다.

제발 한 발이라도 걸리라는 심정으로.

"걸렸다!"

화살이 엉덩이를 맞췄다.

라지아의 엉덩이에 화살이 무려 반이나 파고들었다.

하지만 펜텀 라지아는 급격히 방향을 틀더니 거대한 동굴 안으로 들어가 버렸다.

'제기랄!'

몬스터 링크

monster link

지하도시 데린구유

NEO FANTASY STORY

지하도시 데린구유

monster link

펜릴은 동굴 앞에서 멈칫했다.

저 동굴에 대한 정보가 전혀 없는 상태에서 진입하는 건 결코 쉬운 일은 아니었다.

-위험한 냄새가 풍긴다.

"나도 알아."

주춤하는 순간 거리가 벌어진다.

평소의 펜릴이라면 절대 진입하지 않고, 놈이 나올 때까지 기다릴 거다. 하지만, 그건 일반적인 사냥법에 지나지 않다. 일단 이 동굴 안이라는 것이 너무 변수가 많다. 반대편으로 빠져 나가는 구멍이 있을 수도 있고, 혹은 언데드들은 지치지도 배고파하지도 않고 잠도 자지 않으니 주구장창 버티고 있으면 죽었다 깨어나도 못 잡는다.

–어차피 선택은 네가 하는 거다.

'빌어먹을, 이 녀석 머리는 도대체 무슨 생각으로 가득 차 있는 지 알 수가 없으니.'

"네 생각은 어떤데?"

펜릴은 조심스레 씨스톤의 의견을 물었다.

–흥, 건방진 인간놈이 마수 따위에 불과한 나에게 의견을 묻다니.

"그래서?"

–들어가라. 기회는 결코 쉽게 오는 게 아니다.

씨스톤의 말이 틀린 건 아니다. 선택은 물론, 펜릴이 하는 거지만 기회는 쉽게 오는 게 아니다. 생각했던 대로 언데드를 상대로 장기전에 돌입할 수 있는 건 아니다. 상대방은 말 그대로 불사신에 가까운 존재들이니까.

씨스톤이 들어가라고 얘기하는 걸 보면 꼭 내키지는 않는다. 하지만, 펜릴도 들어가는 쪽으로 마음이 이미 굳어져 있는 상태였다.

'오냐, 한 번은 속아 주마.'

어차피 추적하기로 한 거 마음을 굳게 먹고 빠르게 쫓는 게 났다. 이도 저도 아닌 상황이 되면 그 어떤 것도 얻지 못한다.

펜릴은 빠르게 동굴 안으로 진입했다.

순간적으로 어둠에 적응하지 못했던 눈이, 망령 덕분에 마치 낮인 것처럼 밝게 보인다.

'계단?'

동굴에 계단이 보인다.

-왼쪽이다.

펜릴은 고개를 끄덕였다.

'집인가?'

동굴 안으로 집이 보이는 것 같다.

달리는 와중에도 펜릴은 고개를 좌우로 돌렸다. 이 길은 누군가가 움직이기 편하라고 통로로 만들어 놓은 것 같고 왼쪽과 오른쪽 전부다 집 처럼 방이 나뉘어져 있었다. 그리고 그 집의 위에는 글씨가 보이는 걸로 보아, 아무래도 주소를 적어둔 것 같다.

펜릴은 씨스톤이 얘기한데로 왼쪽으로 틀었다.

"왼쪽 맞아?"

-맞다.

'빌어먹을, 확인할 방법이 없으니.'

화살로 엉덩이를 맞췄다고, 피를 흘리는 것도 아니고 바닥에 발자국이 남는 것도 아니다.

말 그대로 유령을 쫓고 있으니 이게 얼마나 스스로 한심하다고 생각되는가.

동굴의 크기는 굉장히 커서 어느 정도인지 도저히 가늠

할 수 있을 수준은 아니었다. 펜릴은 동굴의 집들을 감상할 새도 없이 펜텀 라지아를 계속 추적했다.

어차피 화살에 맞았으니 얼마 안 가 쓰러질 거다.

망령의 에너지 또한 실체를 현실로 끄집어 낼 수 있는 힘이다.

-조금만 더 가라.

펜릴은 고개를 끄덕였다.

동굴의 집들은 굉장히 복잡했다.

펜릴은 얼마 안가 굉장히 기다란 통로를 발견했다.

-앞이다.

"어떻게 이렇게 잘 아는 거야?"

-인간들이야 맡을 수 없지만, 마수들은 독특한 냄새를 풍긴다. 이건 너희들이 맡을 수 있는 그런 냄새를 얘기하는 게 아니다. 특히나 언데드 같은 놈들은 더욱 진하게 풍긴다. 빨리 쫓아라. 그리 멀지 않다.

펜릴로써는 직접 씨스톤이 될 수 없으니, 그냥 하는 말만 믿고 움직일 수밖에 없다.

펜릴의 몸을 차지하고 싶어서 안달이 났겠지만, 펜릴이 죽는 건 원하지 않을 거다. 이런 곳에서 허무하게 죽어 버린다면, 씨스톤은 최후의 수단인 몸을 옮기는 것도 통하지 않는다. 누군가 지나가는 사람이 있고, 이 물건에 대한 가치를 알아봐야 하는 데 사람 하나 없어 보이는 이곳에 과연 사람들이 드나들까 싶어서다.

펜릴은 원래 '어떻게든 되겠지.' 라는 생각으로 살아가는 사람은 절대 아니다. 무엇 하나를 하더라도 철저하게 준비를 해야 하는 편이다.

얼마 안가 펜릴은 피식 웃었다.

씨스톤의 말 대로 누워서 낑낑 거리고 있는 라지아가 보였기 때문이다.

죽다 살아난 놈이 뭐가 아픈지 바닥에 머리를 박고 낑낑 거리는 거 보면 안쓰럽기 까지 했다.

펜릴은 마체테를 꺼내고 망령의 에너지를 집어넣었다.

'그런 눈으로 쳐다봐도 어쩔 수 없어.'

가끔 있다.

마수는 아닌데, 토끼나 동물들 중에서는 자기가 죽을 것을 알고 살려달라고 비는 놈들이.

인간도 마찬가지지만 결국 동물들도 똑같다. 말은 통하지 않아도 눈만 봐도 통한다.

이미 죽어 버린 녀석이지만, 생전에 행동하던 것과 다를게 없으니. 무엇보다 라지아는 마수보다는 동물에 가까운 녀석이다.

펜릴은 대신 깔끔하게 보내줬다.

인간도 그렇지만, 결국 언데드의 끝장을 내는 것도 목.

목을 날리니 부르르 떨던 몸이 그대로 축 처진다. 펜릴은 눈 하나 깜빡 이지 않고 상체와 하체를 분리시켰다.

이제는 주술의 악마를 부르면 된다.

이놈은 피가 없으니 펜릴의 영혼을 관장하는 주술의 악마를 불러서 강제로 각인을 시켜야 한다.

주술의 악마를 부르는 방법은.

펜릴은 망설이지 않고 발목에 새긴 문신에 흠집을 냈다. 한번 뿐만이 아니라, 두 번, 세 번 칼질을 했다. 원래 각인을 바꿀 때는 한 번이면 충분하다.

이제 궁금증이 생긴 주술의 악마는 나타날 거다.

펜릴은 벽에 등을 기댄 후에 조용히 기다렸다.

"……."

30분이 지났는데, 아무런 흔적도 없다.

"안 나타나는데?"

–나도 모르겠다.

"뭐? 지금 장난 해?"

–농담이 아니다. 과거에 나를 가지고 있었던 한 이민족들도 흑요석과 시약을 사용했을까? 아니면, 피를 마셨을까? 흑요석이 없었던 시절에도 링커들은 존재했고, 피를 마시며 각인을 하던 이민족들은 그 방법이 가장 쉽기 때문에 사용하는 것뿐이다. 방법은 굳이 한 가지가 아니다. 그냥, 그 방법이 가장 쉽기 때문에 그걸 사용하는 것뿐이다.

방법을 일러준 건 씨스톤이다.

보통, 각인을 바꿀 때. 좀 더 상위 클래스의 마수로 바꿀 때는 한 번이면 충분하지만, 그건 피를 마실 수 있을 때다. 피를 마시지 못하는 실체 없는 펜텀 라지아.

–총 세 번. 칼질을 하면, 그 각인은 치료가 되기 전 까지 절대 다시 사용할 수가 없다.

펜릴은 곤조를 각성 시켜봤다.

“정말이네.”

아무리 용을 써도 곤조가 각성되지 않는다.

–한 번은 주술의 악마도 신경 쓰지 않는다. 그곳에 상처를 입는 경우야 살다가 있을 수 있는 일이니까. 그런데, 세 번 칼질을 당하면 그 문신의 효력이 한동안 사라진다. 그러면 너에게 무슨 일이 생겼다고 생각한 주술의 악마는 다시 나타난다. 궁금증이 아주 많은 놈이니까.

펜릴은 인상을 찡그렸다.

“그니까, 네 말은 알겠는데 지금 나타나지 않고 있잖아.”

–뭐, 여러 가지로 추측할 수 있다. 첫 번째는, 주술의 악마가 귀찮아서 나타나지 않는다거나.

악마는 신이 아니다. 펜릴이 듣기로 자신이 관장하는 영혼에 문제가 생겨도, 혹은 링크를 하고 싶어도 나타나지 않는 악마들이 있다곤 들었다. 물론, 흔한 얘기는 아니지만.

하지만, 펜릴의 영혼을 관장하는 악마는 게으름을 잘 부리지 않는 녀석이다. 관장하는 영혼이 많으면 많을수록 커지면 커질수록 자신의 힘도 마계에서 강해진다고 들었으니까.

"그리고?"

–두 번째는, 타이밍이다. 주술의 악마는 네가 부르고 싶다고 아무 때나 나타나는 게 아니다. 대부분의 링커들이 각인을 새로 하거나, 링커가 될 때 혼자 있는 곳을 선택하는 이유가 그래서다. 물론, 누군가의 도움을 받고 링커가 되는 경우도 있지만 그건 너에게 해를 끼치지 않는다고 생각 되었을 때 나타나는 거다. 너의 영혼을 안정적으로 관리하고 인도 받기 위해서.

"그게 무슨 소리야?"

–주술의 악마는 철저한 놈이다. 너에게 위험이 있다고 생각되는 경우라면 나타나지 않을 수도 있다. 혹은, 자신이 나타나야 될 상황이 오면 나타날 수도 있고. 그냥 자기 멋대로, 주관적인 생각 하에 그 결정을 내린다. 아마, 네놈의 심장에 있는 망령도 네 목숨이 위험하다고 생각되자 어쩔 수 없이 그곳에 각인시킨 것이다.

"지금 내가 그럼 위험에 처했다는 건가? 그래서 자기가 그 위험에 나타나지 않는 게 오히려 낫겠다는 생각을 해서 나타나지 않는 거고?"

–내 생각은 그렇다.

펜릴의 등으로 식은땀이 흘렀다.

–몇 가지 얘기하자면, 지금 네놈과 내가 있는 이 통로는 인간들이 판 흔적이 절대 아니다. 군데군데 인간들이 사용하지 않는 마법적인 효과들이 보인다. 그런데, 이 통로에 오기 전 그 동굴은 사람들이 살았던 흔적들이 있더군. 아마 그것과 어떤 관련이 있겠지.

펜릴은 자리에서 벌떡 일어났다.

–네 시야에서 왼쪽, 그곳에서 무언가 오고 있다.

"뭔가 온다고?"

펜릴은 바짝 엎드려 바닥에 귀를 댔다.

–소용없다. 기척이 없다. 네놈이 알고 있는 지식으로 놈의 위치를 파악하는 건 무리다.

"언데드인가?"

–…….

씨스톤은 대답을 하지 않는다.

대답을 해주지 않는 다거나, 혹은 자기도 모른다거나.

"왜 미리 얘기해주지 않았어?"

–꼭 얘기를 해야 하나? 뭐, 사실대로 얘기하자면 나도 근처까지 다가오는 걸 알아차리지 못했다. 일단, 피해라.

펜릴은 고개를 끄덕였다.

그리고 곧바로 씨스톤을 각성시킨 뒤에 펜텀 라지아의 다리를 들어 올렸다. 씨스톤의 팔로 만지니 짜증스러울 만큼 무게가 무겁게 느껴진다. 실체로 끄집어내기 때문에 어쩔 수 없었다.

펜릴은 어깨에 기댄 후에 무작정 반대 방향으로 뛰기 시작했다.

부르르르!

갑자기 주머니에서 떨림이 시작된다.

팟!

순식간에 주머니에서 목걸이가 바닥으로 떨어진다. 펜릴이 그것을 보고 뒤돌아 가려고 하자, 씨스톤이 외친다.

-포기해라!

"저게 어떤 건데?"

무려 5가지 성물 중 하나다.

저게 없으면 불사가 될 수가 없다.

펜릴이 남은 손이 없기 때문에 바닥에 라지아의 다리를 내려놓고 다시 목걸이를 손에 쥐었다. 그 순간 펜릴이 무언가 딸려간다는 느낌처럼 발에 흙고랑이 파졌다.

"마, 말도 안 돼는!"

목걸이가 공중에 떠올라서는 펜릴이 달리는 반대 방향으로, 무언가 나타나고 있는 그쪽으로 강력하게 딸려 간다.

"젠장!"

결국 펜릴은 씨스톤의 말 대로 손에서 목걸이를 놨다. 그러자 목걸이가 어둠속으로 사라진다. 허탈한 표정으로 바라보던 펜릴은 정신을 차리고 라지아의 다리를 다시 들어 올렸다.

-내 각성을 풀어라, 어서!

"각성을 풀면 다리를 못 들고 간다고."

-그것도 포기해라. 지금 그런 걸 신경 쓸 때가 아니다. 어차피 이건 영혼들에 불과하다. 절대 썩지 않으니 걱정할 필요 없다.

펜릴은 씨스톤의 얘기를 듣고 라지아의 다리도 옆에 있는 구석으로 내던졌다. 그리고 다시 찾아갈 수 있게 x자로 표시를 했다.

-이곳은 아마 놈의 영역인 것 같다. 놈은 너를 발견했다.

마수도 그렇다. 자신의 영역에 들어온 놈은 기를 써서라도 죽이는 습성이.

인간들도 자기의 집에 침범한 다른 인간을 상대로는 경계적일 수밖에 없다.

-더 빨리 뛰어라! 더 빨리!

"나도 그러고 있다고!"

펜릴은 이를 악물었다.

하필이면, 각인을 새로하기 직전이라 칼질을 하는 바람에 곤조의 발목을 사용할 수가 없다.

스르륵!

그 순간, 바닥에서 넝쿨이 올라와 펜릴의 다리를 감쌌다.

콰당!

펜릴은 달리다 말고 얼굴과 바닥이 마주칠 정도로 강하게 부딪혔다.

"크윽!"

-놈이 쫓아왔다.

펜릴은 고개를 뒤로 돌렸다. 거대한 하얀 물체가 펜릴을 위에서부터 아래로 내려 봤다.

-스펙터의 왕이다.

♦

스펙터들은 굉장히 약하다.

하지만, 한 무리를 관장하는 자라면 제일 강한 자가 되거나 가장 머리가 좋은 자가 되거나.

그건 인간들에게나 통용되는 말이다.

마수나, 혹은 언데드는 가장 강력한 자가 되는 법이다. 우두머리들은 항상 그렇듯, 선택되어진다. 특히나 스펙터들의 왕이라면, 마계의 마족들에게 선택된다고 들었다.

스펙터 왕의 특징이라면 한 가지.

인간들 중, 그것도 엄청난 고위급 마법사들의 영혼으로 만들어진다는 거다.

부르르!

스펙터 왕의 목에 찬 목걸이가 부르르 떨었다. 색깔도 변했다. 펜릴이 지금까지 모아두었던 혼을 스펙터 왕이 모조리 흡수해버렸다. 그러자 몸집도 처음 봤을 때 보다 더욱 커졌다.

'인간이 판 통로가 아니라더니.'

통로를 보면 높이와 폭이 3미터는 될 것 같다. 이제 보니 스펙터의 왕 크기가 거의 3미터정도 된다. 펜릴이 위로 한 참 올려다봐야 했으니 말이다.

목걸이는 결국 스펙터 왕의 물건이다.

주인을 찾아간 게 맞는다고 보면 된다.

펜릴은 마체테를 꺼내 자신의 다리를 감싼 넝쿨을 베어버렸다.

-싸워도 소용없다.

"빌어먹을, 그럼 이대로 뒈지란 소리야?"

-놈은 너의 천적이다.

"길고 짧은 건 대봐야 아는 법이지!"

예전에 라트라를 마주쳤을 때의 느낌이다. 아니, 그때보다도 더욱 떨렸다.

–피해라.

스펙터 손짓 하나에 전류가 바닥을 타고 펜릴을 향해 날아온다.

"으앗, 으앗!"

펜릴은 마치 바퀴벌레 떼라도 만난 냥 폴짝 폴짝 뛰었다.

그러다 앞을 쳐다보니 불구덩이 하나가 얼굴 앞으로 바짝 다가왔다. 펜릴은 곧바로 팔만 각성시킨 다음에 교차해서 얼굴을 가렸다.

콰앙!

–빌어먹을 자식!

씨스톤이 쌍욕을 퍼붓는다.

"끄응!"

펜릴도 마음이 편치 않았다. 하지만, 어쩔 수 없었다. 팔이 화상을 입은 것 마냥 벌겋게 부어올랐지만 이 부위보다 재생능력이 뛰어난 곳은 없다. 게다가 머리를 보호할 수 있는 방법은 이거 하나 말곤 떠오르는 게 없었다.

펜릴의 천적이라고 하는 이유는 하나다.

마법사.

펜릴은 현재 항마력이라고 할 수 있는 게 아무 것도 없었다.

보통 상위 포지션으로 올라가면 마법사들을 대응하기

위해 자기가 각성하는 것들 중, 항마력이 있는 것을 하나 선택하기도 하는 데 현재 펜릴은 그럴 여유가 없었다.

팔과 다리, 그리고 심장.

대부분이 3차 각성 링크를 할 때 항마력이 있는 걸 선택하기 때문에 펜릴로써는 난감하기 짝이 없는 일이 된 거다.

현재 펜릴은 하위 마법사들 한 명이라면 몰라도 두 세 명 정도만 되면 도저히 이길 수 있을 실력이 아니다.

한 명이야 마법을 캐스팅하기 전에 단숨에 치면 쉽지만, 두 명 세명, 숫자가 늘어나면 힘들어 진다.

게다가 항마력이 없기 때문에 마법 데미지를 그대로 입는 수밖에 없다.

-체력이 있을 때, 지금 말고는 도망갈 수 있는 시간이 없다.

"젠장! 내가 모르는 게 아니라고."

도망을 가면 또 넝쿨이 날아 들어올 거다. 아니면, 다른 마법이. 펜릴을 속박할 수 있는 마법은 많다. 더군다나 스펙터의 왕은 딱히 캐스팅 없이 마법을 사용할 수 있다는 게 문제다.

죽은 놈들만큼은 마법을 사용할 수 없다더니, 이놈 만큼은 예외다.

실제로 예외인 녀석들이 있지 않나.

절정에 오른 기사가 죽어서 깨어난 데스 나이트라거나.

최고의 마법사가 죽어서 깨어난 스펙터의 왕이라거나.

동굴에서 쓸쓸한 죽음을 맞이한 뒤 깨어난 마법사라니.

펜릴은 골치가 아팠다.

하지만, 스펙터의 왕은 고민할 시간을 주지 않았다.

펜릴이 왼쪽으로 피하자 마법이 왼쪽으로 날아 든다. 오른쪽으로 피하자 오른쪽으로 날아 든다. 두 번 다 피하니 이번엔 양쪽으로 전부 날아왔다.

펜릴은 손을 앞으로 들었다.

–멍청한 놈!

콰아앙!

펜릴의 몸이 화염에 휩싸였다.

"크아악!"

목구멍에서 연기가 흘러 나왔다.

'눈이 타들어가는 것 같아.'

시야가 흐릿해진다.

이건 뭐 가까이 다가갈 수가 없다.

'내가 이렇게 마법사에 약할 줄이야.'

마법사라고는 딱히 만나본 기억이 없었다.

있다면 검은숲에서 만났을 때 정도.

'그 주술사 영감은 마법사를 상대로 어떻게 했더라?'

우리는 분명히 마법사들 숫자가 많았는데, 주술사는 혼

자서 마법사들을 상대했다.

펜릴의 기억은 그랬다. 다만, 그 강한 주술사도 결국 마법사들의 공격에 당했지만.

하지만, 주술사들은 딱히 항마력이 필요하진 않았던 것 같다.

주술사라는 것 자체로도 이미 항마력을 부여 받는 것 같았으니.

하지만, 그 전에 이미 공격을 원천 차단했었다.

'젠장! 그 놈은 나 처럼 하나로 했던 게 아니었어.'

물에 빠져서 전격 공격에 당하기 전에는 모든 마법을 다 막지 않았던가?

'나도 이판사판이다.'

펜릴은 망령을 꺼냈다.

-뭐하려고?

"닥치고 보고 있어봐."

펜릴은 자기 앞으로 망령의 장막을 쳤다.

물리 데미지를 막을 때 와는 다른 기분이다.

쾨앙!

망령의 장막이 휘청인다.

하지만, 분명히 막았다.

'됐다!'

망령은 분명히 펜릴것이 더 강하다.

항마력이라는 건 아무 것도 하지 않고 그냥 몸 자체가 마법을 저항하는 거지만, 망령은 항마력이라고 할 순 없었다. 하지만, 불 덩이나 얼음 덩어리를 던지는 것은 분명히 막을 수가 있었다. 전격 마법도 막는다.

-지금이다!

"나도 안다고!"

펜릴은 등을 뒤로 돌렸다.

그리고 무작정 뒤도 돌아보지 않고 뛰었다.

스펙터의 왕은 공격이 모두 망령에게 막히자, 이번에는 땅으로 손을 휘저었다.

쿠콰콰콰쾅!

펜릴이 있는 곳 까지 땅이 쩌억 갈라졌다. 그리고 지진이 일어났다.

이게 망령의 최대 약점이다.

결국 커버를 할 수 없는 것들이 존재한다.

펜릴과 스펙터의 왕 사이에는 망령이 버티고 있지만, 공격이 천장이나 바닥을 타고 온다면 그건 망령이 막을 수가 없다. 게다가 만약 정신을 파괴하는 사악한 마법들이 온다면, 그것도 막을 수 없다.

결국 망령의 한계는 눈으로 보이는 마법. 투사체 공격만 막을 수 있다는 얘기다.

'그게 어디냐, 그래도.'

곰곰이 생각해보면 주술사라는 놈도 약점이 존재했다.

스펙터의 왕이 사용하는 지진 마법 같은 건, 상위 포지션 마법사나 사용할 수 있으니 검은숲에서 주술사에게 타격을 주기 힘들었던 거다.

가위바위보 같은 개념이다.

기사는 마법사를 이기고, 주술사는 기사를 이기고, 마법사는 주술사를 이긴다.

링커는 굳이 따지자면 기사에 가깝고.

펜릴이 뒤를 힐끔 돌아보자 스펙터의 왕이 갑자기 위로 살짝 점프를 하더니 자기가 파놓은 땅을 향해 밑으로 쑤욱 들어갔다.

파악!

잠시 후, 망령의 뒤로 솟구쳐 오르더니 펜릴을 맹렬하게 쫓아온다.

펜릴은 망령을 서둘러 거두어 들였다.

곤조도 없고 망령도 없으니 펜릴이 지금 뛰는 속도는 사람이 전력질주 하는 속도밖에 나오지 않았다.

–잡힌다.

"나도 알아!"

펜릴은 주위를 둘러보았다.

–길이 갈라진다.

통로가 두 갈래다.

펜릴은 이미 멀찍이서 왼쪽과 오른쪽을 고민했다. 그때 갑자기 오른쪽에서 손 하나가 쑤욱 튀어 나오더니 손짓을 했다.

'뭐지?'

펜릴은 고민할 것도 없이 오른쪽으로 방향을 틀었다.

언데드만 보다가 사람의 팔을 보니 적어도 그쪽은 믿을 만 할 것 같았다.

"읍!"

"조용히 해."

손이 솥뚜겅만하다.

그런데 굉장히 밑에서부터 올라온다. 키는 펜릴의 반쯤 될까?

그 사람은 펜릴의 입을 막더니 오른쪽 통로쪽에 존재하는 거대한 바위에 밑. 작은 구멍에 펜릴을 집어넣었다. 그리고 자기도 안에 들어오더니 그 구멍을 한 망토로 막았다.

그 구멍안에 들어 있으니 저절로 그 사람의 얼굴이나 표정들이 보였다. 갈색 수염을 턱과 인중에 기른 남자. 하지만, 키는 펜릴의 반도 되지 않을 것 같은데.

어딘지 모르게 제국어도 익숙하지 않은 것 같다.

펜릴은 저절로 머릿속으로 한 종족이 떠올랐다.

'드워프?'

♦

드워프.

이 대륙에는 인간들만 살고 있는 건 아니다.

뭐, 동물도 살고 마수도 살고 이런 뜻이 아니라 신으로부터 지식이라는 양분을 머리에 쌓을 수 있게 허락된 생물체는 오로지 인간만은 아니다 이런 얘기다.

대륙을 지배하는 건 인간이지만, 인간들과 같이 공존하는 존재들이 몇몇 있다.

전설속에서, 혹은 신화에서 이따금식 등장하는 드래곤이나 혹은 주인공들의 친구로 등장하는 엘프들.

실제로 책이나 이야기로 전해지는 그들과는 다르게 드워프는 조금 듣기 쉽지 않다. 아무래도 인간들은 아름답거나, 혹은 신기한 것들을 좋아하는 데 드워프는 엘프 만큼 아름답지도 아니하고 그렇다고 드래곤 만큼 신기하지도 않다.

그들이 가진 기술력이라고 해봐야, 뛰어난 대장장이 기술.

그리고 신기하다고 해봐야 인간의 절반 밖에 되지 않는 작은 키다.

하지만, 드워프들 사이에서는 정령을 다룰 줄 아는 자들도 있고 마법을 사용할 줄 아는 자들도 존재한다. 인간보다 뛰어난 손기술을 지녔지, 삶을 살아가는 건 그다지 다른 건 없다.

실제로 인간들의 역사에 드워프들은 지대한 영향을 끼쳤다.

그들이 광물을 다루거나 혹은 무기를 제조하는 일 등. 모든 것들이 대륙 그 어디보다도 수 십 년을 앞서 나가기 때문이다.

대륙에 명검을 생산한 대장장이 슈마이켈도, 과거 대장장이의 기술을 보고 어디 가서 숨고 싶을 지경이라고 얘기한 적도 있었다.

하지만, 대륙에는 모습을 잘 드러내지 않는 종족이기도 하다.

과거에는 인간들이 무분별하게 드워프들의 기술을 훔치기도 했고, 인간이 대륙의 지배자로 우뚝 서면서 지식을 갖춘 생명체들과는 사이가 굉장히 틀어졌다고 들었다.

그런 점에서 볼 때 펜릴을 도운 드워프의 행동은 선뜻 이해가 가지 않는다.

'이걸로 되겠나?'

고작 구멍 밑에 숨고 망토로 위를 가린 것 뿐이다. 게다가 구멍들도 드워프들이 사용을 했던 건지, 몸이 큰 펜릴이 사용하기에는 너무 작았다.

'읍.'

펜릴은 양손으로 입을 틀어막고 숨을 죽였다.

이러고 있다가 괜히 들키면 집중포화를 맞을 수도 있었다.

그러면서도 펜릴은 언제든지 싸울 수 있는 준비를 했다.

망토 한 장으로 몸을 가린다고 넘어간다는 사실 자체가 조금 우스웠다.

그런데, 놀랍게도 스펙터의 왕은 이 구멍을 발견하지 못했다.

잠시 후, 반대편으로 사라지는 것을 보고 드워프는 망토를 거두어 들였다.

드워프는 펜릴을 보더니 고개를 뒤로 젖히며 웃었다.

"껄껄껄! 신기하지? 바로 이 몸이 만든 망토다! 흙의 정령 도움을 받아 마치 흙처럼 동화될 수 있지. 그러니 신기하게 쳐다볼 것 없다. 여기선 이게 다 기본이거든."

제국어가 제법이다.

'아니, 오히려 이들 입장에서 내가 제국어를 사용하는 게 신기할 지도 모르겠군.'

제국어의 뿌리는 엘프와 드워프들이 처음 사용했던 언어라는 얘기가 있다.

신은 지식을 가진 생명체를 만들 때, 처음에는 드래곤을 만들었고 그 다음에는 엘프와 드워프를 만들었으며 마지막으로 인간을 완성시켰다고 했다.

따지고보면 이 대륙에서 마지막으로 태어난 지적 존재는 인간이라 볼 수 있다. 이미 드워프들과 엘프들이 수 백년간 가꾸어놓은 문명과 문화, 언어들을 그대로 흡수하며 자기들의 터전을 일궈냈던 것이 인간이다.

"곧 있으면 놈이 다시 돌아올 거야. 살고 싶으면 나를 따라 오는 게 좋아."

드워프는 뒤뚱뒤뚱 스펙터의 왕이 사라진 방향과는 정 반대로 몸을 이끌었다.

펜릴은 문뜩 뒤를 힐끔 쳐다보더니 드워프의 뒤를 따랐다.

♦

탁! 탁!

드워프가 들고 있는 돌 두 개를 부딪치자 금방 불이 만들어졌다. 벽에 나열되어 있는 횃불 하나를 들더니 드워프가 뒤뚱뒤뚱 걸어 나갔다.

펜릴은 허리를 반쯤 숙이고 드워프의 뒤를 따랐다.

드워프야 머리와 천장이 한 참 높지만, 펜릴은 머리가 닿을 것처럼 아슬아슬했다.

"안심해. 이곳은 놈의 영역과는 거리가 아주 먼 곳이니까."

뒤를 힐끔 돌아본 펜릴은 고개를 끄덕였다.

"그나저나 어디로 가는 겁니까?"

"근처에 드워프들이 사는 마을이 있어."

"마을이요?"

동굴 안에서 마을이라니.

생각해보니 들어올 때 이미 주소가 적혀 있을 정도로 많은 집들이 안에 있었다. 따로 지붕이나 그런 게 있는 건 아니었지만, 문의 위치로 집과 집을 구분할 수 있다.

인간들이라면 굉장히 답답하고, 크기가 작아서 오래 살 수 없을 지도 모르지만 드워프들은 가능할 것도 같다. 손기술이 일단 굉장히 좋고, 이들의 성격이나 감성 자체는 인간과는 구조가 완전히 다르다. 인내심이 많고 특히나 드워프들은 호탕한 기질이 있었다.

"오랜만에 온 손님이야! 아마, 드워프들이 좋아할 지도 모르겠는데?"

'따라갔다가 괜히 낭패를 보는 건 아니겠지?'

드워프가 인간 손님을 반긴다니.

펜릴이 오늘 친구들에게 친구를 소개했는데, 만약 그 친구가 드워프나 엘프라면 굉장히 놀랄 것 같다.

-300년을 넘게 살면서 드워프들을 몇 번 본적이 있었다.

'그런데?'

–적어도 인간들처럼 뒤에 가서 이상한 소리를 할 놈들은 아니다. 뭐, 속이기도 쉬운 종족이기는 하지만 그게 장점일 수도 있고 단점일 수도 있으니까.

펜릴도 인간이기 때문에, 씨스톤의 말에 기분이 나쁠 수 있지만 크게 개의치 않았다.

씨스톤의 말대로 인간은 정말 천사와 악마의 가운데에 있는 존재가 아닐까 싶을 정도로 기준이 없었다.

하지만 그런 점 때문에 인간이 지식생명체 중에서 가장 적은 수명, 가장 약한 힘을 가지고 태어나도 대륙최강자로 군림할 수 있었긴 하지만.

물론, 엘프나 드워프들은 대륙의 최강지위에 오르는 것에 큰 관심이 없었던 것도 사실이다.

드래곤도 지식생명체라고는 해도 몬스터나 마수들을 완성시키고 난 다음 만들어졌다고 하여 인간보다는 조금 마수에 더 가까운 모습을 보이곤 했다. 그래서 자신만의 영역을 구축해서 그곳에서 잘 나오질 않는다.

드워프들에게는 '의심' 이 없는 걸까?

보통 자신들의 영역에 들어오면 경계하는 모습도 보일 텐데, 펜릴을 보고서는 마을로 안내하는 것을 봐서는 그런 의식 자체가 아예 없는 것 같다.

잠시 후, 동굴 저 멀리서 밝은 빛들이 들어오기 시작했다.

앞서가던 드워프는 입을 열었다.

"데린구유에 온 걸 환영한다."

◆

데린구유.

드워프가 동굴에 지어놓은 지하도시다.

인구는 약 5천 명 정도가 살고 있다고 하는데, 실로 엄청난 규모이지 않은가?

인간이라면 이런 동굴에 결코 지하도시를 완성시키지는 않을 것 같다.

굳이 땅이 있는 데 고생을 해서 지하도시를 건설할 필요가 있겠는가?

드워프들도 그 말에는 공감했다.

본래, 이 동굴은 광산지대였다고 한다.

반대편에는 인간들에게는 알려지지 않은 자신들의 땅이 존재한다.

그 땅의 이름은 '히로투스'.

-인간에게 자신들의 고향을 침략당하자, 드워프들과 엘프들은 신에게 부탁하여 자신들만이 살아갈 수 있는 땅을 만들어 달라고 하였다. 드워프들의 땅은 '히로투스', 엘프들의 땅은 '엘라이투스'다. 제사장이 허락하지 않으면 침입은 불가하다. 참고로 그 땅은 마수들도 들어갈 수 없다.

'지도에는 없는 땅인데.'

-인간들은 자신들이 사는 대륙이 이 세상의 끝이라는 말도 안 돼는 믿음을 가지고 있다. 이 대륙 안에도 히로투스나 엘라이투스 같은 인간들이 범접해보지 못한 땅들이 존재하고, 드래곤의 영역도 존재한다. 참고로 그 땅은 지도에는 표기되어 있지 않다. 또, 바다 건너에는 또 다른 대륙도 존재한다.

'바다 건너에 또 다른 대륙이 있다고?'

-이미 그것을 확신한 몇 몇 인간들이 배를 타고 건너려는 시도를 하지 않았었나?

펜릴로써는 생각해보지 못한 일이다.

이 세상에 대륙이 달랑 하나만 존재한다고 생각했지, 애초에 두 개가 있다고 혹은 더 있다고 생각해본 적은 없었다. 인간들이 사는 세상에서 인간들이 만든 지도가 이 세상의 전부라고만 믿고 있었다니.

물론, 귀족들 같이 고등교육을 받은 자들은 바다 건너 또 다른 대륙이 있다는 걸 알고 있다. 아니, 정확히 알고 있다기 보다는 추측을 하고 있다. 가본 사람이 없으니 확신할 수 있는 게 아니다. 이미 여러 번 시도는 해봤지만, 성공한 전례는 없었다.

아직 인간의 힘으로는 드넓은 대륙을 장기간 여행을 하는 건 힘든 일이었다.

'놀라운 일이군.'

-그다지 놀라울 건 없다. 나도 한 때는 바다에서 살았기 때문에 알고 있는 내용일 뿐.

히로투스는 인간들이 범접할 수 없다. 때문에, 펜릴에게 들킨다고 하여 그곳을 침범한다고 해도 침범이 불가능 하니 드워프들은 상관없이 얘기를 해주는 것 같다.

인간들에 의해 그 땅에 쫓겨난 드워프들은 오히려 과거의 일을 전부 잊은 듯 했다. 아니면, 그 땅에 굉장히 만족해서 살고 있거나.

인간들과 대륙을 공유하고 살때는 항시 끊임없는 침략 전쟁에 시달렸는데 이제는 그런 것 없이 무기나 만들고 집이나 짓고 무언가 만드는 데에 열정을 쏟으니 투쟁심도 사라졌고, 욕심 같은 것도 모두 사라진 모습이다.

"그런데 왜 이런 곳에 지하 도시를 건설해서 사는 겁니까?"

펜릴은 데린구유에 도착한 첫날, 자신을 이곳으로 데려온 드워프에게 물었다.

그 드워프의 이름은 막스.

"모두 광산에 왔다가 이곳에 스펙터의 영역이 있는 줄 몰랐던 것 뿐이야. 하필이면, 그 스펙터의왕 때문에 돌아갈 수 없게 되어서 이곳에 집을 짓게 되었지. 그게 한 1년 되었다."

1년 동안 이 지하시설에 살다니.

펜릴로써는 굉장히 따분할 것만 같았다.

"오늘은 일단 이곳에서 쉬고, 내일 인간들의 영역으로 보내주지. 길은 잘 알고 있으니까."

막스는 펜릴을 자신의 집으로 초대했다. 자기가 데리고 온 자이니 만큼, 알뜰살뜰 챙기는 모습이다. 집은 아담하지만, 갖가지 필요한 물건들은 있다. 그런 물건들이야 손재주로 뚝딱뚝딱 만들고 먹을 만한 음식은 이따금씩 대륙에 있는 인간들의 영역으로 나가 마을에서 구비를 한다는 것.

동굴 바깥에 있던 작은 마을이 이 드워프들의 거래처였던 셈이다.

처음에는 동굴입구에서 지하도시를 건설하여 살다가, 점점 스펙터들과 언데드들이 늘어나기 시작하자 좀 더 안으로 피신했다는 거다.

하필이면 이곳이 망자의 유적지가 될 줄 누가 알았겠는가.

펜릴은 막스의 부인이 만들어준 음식을 맛있게 먹었다.

뭐, 입맛에 맞는 다고 할 수는 없지만 그걸 대놓고 드러낼 수도 없지 않겠는가.

"나름 큰 방을 준다고 준비 했는데, 미안하게 됐군."

"괜찮아요."

막스가 안내해준 방은, 드워프 입장에서 굉장히 큰 방이지 펜릴에게는 작았다. 침대도 전부 몸이 들어가지 않아 결국 바닥에서 자야 했다. 바닥에서 조차 새우잠을 취해야 할 정도니 펜릴과 드워프들간의 키 차이가 그만큼 심하다는 얘기였다.

다음날, 펜릴은 동물원의 원숭이가 된 기분으로 데린구유를 돌아다녔다.

인간을 처음 보는 드워프들도 있었다.

그들은 새삼 신기한 눈빛으로 쳐다보곤 했다.

물론, 막스처럼 인간들 마을에 곧잘 돌아다니던 자들은 그다지 신경 쓰지 않는 경우도 있었고.

동굴 한쪽에서는 인간들 처럼 군사 훈련이 진행되었다.

"저긴 뭐하는 곳입니까?"

"남자 드워프들은 모두 훈련을 받지. 강인한 전사가 되어야 하니까."

"무엇을 위한 훈련인데요?"

"언데드들과의 일전. 스펙터의 왕 때문에 갇힌 우리들은 히로투스로 다시 돌아가야 하지 않겠나?"

"다른 언데드는 몰라도 스펙터 같은 경우는 칼이나 창이 통하지 않을 텐데요."

"흙이나 불을 다루는 정령술사들이 있어. 그들의 도움을 받는다면 어느 정도는 타격을 줄 수 있지."

엘프들은 바람이나, 물에 관련된 정령술에 관심이 많고 또 재능을 보인다면 드워프들은 땅과 불에 관련된 정령술에 재능을 보인다.

인간들의 경우 물이나 바람, 불이나 땅과 상관없이 모든 정령을 다룰 수 있으나 능력만큼은 이들에 비해 뛰어나지 않다.

펜릴은 그날 돌아가지 않았다.

사실, 고민하고 있던 찰나에 펜릴이 이곳에 더 남기로 한 이유가 생겼기 때문이다.

막스와 함께 마을을 돌아다니던 펜릴은 드워프들이 심각한 상태로 대화를 나누는 걸 엿들었다.

"무슨 일인가?"

"무슨 이유인지는 몰라도 스펙터의 왕의 몸집이 굉장히 커졌어. 놈이 다루는 스펙터들의 숫자가 배는 늘어났다고."

싸워야 할 상대가 힘이 커졌다. 이건 드워프들의 심각한 문제다. 물론, 그건 펜릴이 한몫했다.

–목걸이 때문이군.

"……."

원래 스펙터의 목걸이는 왕의 물건이다.

목걸이를 찬 왕은 자신의 힘을 키우기 위해 스펙터들을 잡아먹는다.

그 전까지는 목걸이가 없어 힘을 키울 수 없었지만, 펜릴이 가져온 목걸이 때문에 스펙터의 힘이 급격하게 불어나고 있는 거다.

어제의 스펙터와 오늘의 스펙터는 분명히 다를 거다.

전체적으로 목걸이를 찬 왕의 주변에만 있어도 스펙터들의 힘은 커질 터.

펜릴은 막스에게 부탁해서 이 도시에 며칠 더 남기로 했다.

목걸이 때문에 스펙터의 왕이 힘이 커져 그것에 대한 책임감 때문만은 아니었다. 사실 그것보다도 펜릴은 스펙터의 왕을 잡고 목걸이를 가져와야 했다. 게다가 그 목걸이는 아직 혼을 다 채우지 못했다.

-왕이 흡수한 혼은 엄청나다. 놈만 잡는다면, 신을 완벽하게 속일 수 있는 목걸이가 된다.

목걸이도 다시 얻고, 혼도 채우고.

혼자 싸우는 것 보다는 적어도 드워프들과 함께 싸운다면 승산은 있다.

물론, 현재 펜릴은 항마력이 없기 때문에 더욱 커진 스펙터 왕의 힘을 견딜 수 있을까 싶다.

펜릴은 가지고 다니던 바닷물을 조금 부어 스펙터 왕의 불덩이 공격에 화상을 입은 팔을 치료했지만, 싸울 때 마다 바닷물을 흠뻑 뒤집어쓰고 싸울 수도 없는 노릇이었다.

'빌어먹을.'

결국 펜릴은 품 안에서 조용히 잠들어 있던 카두치의 눈을 꺼내 들었다. 실체를 볼 수 있고, 또 항마력까지 가지고 있는.

이건 현재 펜릴이 가지고 있는 최고의 아이템이라고 할 수도 있다.

하지만, 망설여 지는 이유는 4차 각성.

아직까지 그 누구도 4차 각성에 성공했다는 얘기를 들어 본 적이 없다. 새로운 영역으로의 진일보.

하지만, 펜릴은 무언가 성공했다는 혹은 진일보를 일궈냈다는 영광보다는 안정적인 삶을 선택하고 싶었다.

펜릴은 자신의 팔뚝을 힐끔 쳐다보며 생각했다.

'이 놈은 어떻게든 나에게 이 눈을 달려고 안달이 났겠지.'

펜릴은 눈을 품 안에 넣고 방을 나와 막스에게 달려갔다.

"부탁 좀 한 가지 드려도 될까요?"

◆

4차 각성.

그 어떤 누구라도 주술의 악마와 계약을 맺을 수 있고,

그 대가로 몬스터나 마수의 힘을 빌려다 쓸 수 있다. 하지만 자신의 몸에 두 번째 마수를 각인시키기 위해서는 결국 하늘이 내린 '재능'이라는 녀석이 필요하고, 그 재능을 알아보기 위해서는 딱 하나다.

밤에 놈들이 하는 얘기에 귀를 기울일 것.

시끄럽다면 거기서 능력의 한계가 결정된다.

하지만, 당장 시끄럽게 마수들이 떠들어 댄다고 실망할 필요는 없다. 이 재능이라는 건 당장이 아니라 몇 년, 혹은 몇십년 후에 갑자기 어느날 생기는 경우도 많다.

처음 곤조를 달았을 때 펜릴이 하나밖에 없다고 실망했던 경험이 있었다. 하지만, 자신도 모르는 사이에 재능을 깨우쳤고 그건 2차 각성으로 가는 길이 되었다.

그리고 또다시 얼마 지나지 않아 펜릴이 원하지도 않는 때에 3차 각성이 되었다.

펜릴은 아직 온전한 3차 각성 링커라고 부를 수 있을까?

그건 아니다.

곤조는 고작 발목에 불과하고, 씨스톤의 팔은 정상이지만 나머지 하나는 심장이다. 심장도 그렇고 발목도 그렇고 몸에 부담이 적고 잠식 효과가 미비하다.

그래서 어떤 사람들은 링커들의 단계를 조금 더 세분화하는 경우도 있었다.

1차, 2차처럼 크게 나뉘는 것이 아니라 1.5차, 2.5차까지 세세하게 나누는 거다.

곤조의 발목, 손등, 목, 한쪽 눈, 이런 것들을 보통 하나의 개념이 아니라 절반, 0.5의 개념으로 생각할 수 있다고 보는 거다.

실제로 링커들 중에서 1차 각성이상의 재능을 지녔지만 2차 각성은 아닌 링커들이 더러 있다.

팔을 각성시키고, 곤조의 발목을 각성시킨 경우가.

그건 2차 각성일까?

아니다. 굳이 얘기하자면 1.5차 정도라고 보면 된다.

펜릴의 꾀에 죽었던 에티오라는 녀석을 생각해보면 쉽다. 그 녀석은 1차 각성 링커밖에 안 되는 재능을 지녔지만, 곤조의 발목을 달고 있었다. 그건 1차라고 볼 순 없는, 그렇다고 2차라고도 볼 수 없는 거였다.

펜릴은?

펜릴은 총 3개를 각성시켰지만, 그렇다고 3차 각성 링커라고 보기는 어렵다. 굳이 얘기하자면 씨스톤의 팔을 하나로 생각하고 심장과 발목을 각각 0.5씩 생각한다면 2차 각성 링커.

하지만, 2차 각성링커보다는 더욱 큰 힘을 가지고 있기 때문에 2차 각성 링커라고 보기도 어렵다.

1+1=2가 되지만, 1+0.5+0.5=2가 된다고 생각하면 절

대 안 된다. 이건 그냥 숫자 노름이 아니기 때문이다. 펜릴은 절반의 힘을 지닌 것을 두 개를 가졌다고 생각하면 2보다는 높은 힘, 그리고 3 보다는 낮은 힘을 가진 거다.

'아니, 심장의 망령을 0.5라고 생각하는 게 맞을까?'

잠식 범위는 분명히 작다. 하지만, 망령의 힘을 생각해보면 하나라고 생각해도 좋을 것 같다.

펜릴은 2차 각성, 혹은 2.5차 각성 링커라고 볼 수도 있다.

펜릴이 이렇듯 자신의 몸을 점검한 이유는 하나뿐이었다.

자신의 몸에 변화가 필요하기 때문이다.

분명 자신은 카두치의 눈을 가지고 있다. 한 쪽 뿐이라고는 해도, 이것도 0.5의 개념으로 생각한다면 각인이 가능하다.

하지만 분명히 말을 해야 된다는 건, 재능 없이 그 이상의 단계로 올라갈 수는 없다.

펜릴이 망령을 각성할 수 있었던 건 주술의 악마가 강제성을 부여했기 때문이기도 하다. 지금 같은 상황에 주술의 악마가 부탁을 들어주진 않는다. 펜릴 스스로가 위험을 자처하기 때문이다.

그 누구도 링커의 역사상 4차 각성의 문을 연 자는 없었다.

하지만, 세분화가 되어있다면 3차를 넘어 4차가 되기 직전.

3.5차가 될 수도 있다.

펜릴이 가진 재능은 아직 스스로도 모른다. 이건 시간만이, 혹은 오로지 신만이 알고 있을 거다.

'내가 이 카두치의 눈을 달 수 있을까?'

대답은 쉽게 나왔다.

-불가능하다.

'어째서?'

-넌 아직 3차 각성 링커라고 보기는 어렵다. 그렇게 생각하기에는 너무 약해.

펜릴은 고개를 끄덕였다.

클리드는 어떠했는가? 강하다, 정말 강하다.

단지 성능차이라고 하기에는 너무 심했다. 이건 상급이냐, 최상급이냐의 차이가 아니라 그 이상의 더 원천적인 힘의 차이가 컸다.

-네가 만약 3가지의 마수를 다룰 수 있는 능력을 가지고 있다고 생각해봐라. 하지만, 네가 1가지의 마수를 지금 다루고 있을 때 단숨에 3가지 마수를 다루는 링커가 되리란 무리다. 모든 것은 다 절차가 있고, 그걸 하나씩 밟고 나갈 필요가 있다.

'맞는 얘기를 하는 군.'

모든 것은 순리라는 것이 존재하는 법이다. 그 순리를 깨뜨리는 순간, 후폭풍이 밀어 닥친다. 특히나 링커들 처럼 예민한 세계는 말이다.

그럼, 씨스톤이 얘기한 그 절차란 무엇인가 곰곰이 생각했을 때 도달한 결론은 하나뿐이다.

더욱 완벽한 링커가 되는 거다.

완벽한 링커가 되는 것에는 별 다른 방법이 존재하지 않다.

현재 애매한 위치를 차지하고 있는 발목.

이것을 바꿔야 한다.

'내가 발목을 바꿔서 다른 걸로 각인을 할 수 있을까?'

재능이 없다면, 어차피 주술의 악마는 계약을 맺어주지 않을 거다.

'맺고 나서 눈과도 각인이 가능할까?'

머릿속은 굉장히 복잡하다.

하지만, 자리에서는 벌떡 일어났다. 이러나 저러나 결국 방법은 하나뿐. 해보는 것 말고는 없다.

다리를 각인했을 때 펜릴이 어떤식으로 변할지는 아무도 예상할 수 없다.

거기서 재능의 한계가 끊겼을 수도 있고, 혹은 더 그 이상 이어질 수도 있는 거고.

스펙터의 왕을 잡기 위해서는 반드시 카두치의 눈이나 혹은 그에 준하는 항마력을 가진 무언가가 필요하다. 펜릴이 기댈 수 있는 건 오로지 하나. 자신의 재능뿐이다.

'계속해서 꼼수만 늘리는 것 같군.'

꼼수던 아니던 간에 일단은 왕의 목걸이를 되찾아야 한다.

–다리 각성은 무리가 없다. 원래 너의 재능은 현재 지금 네가 가지고 있는 것 보다 더 낫다. 물론, 몇 년 뒤에나 열릴 재능이었지만 나를 얻고 나서는 그 시기가 빨라졌다.

아무래도 최상급 마수인 씨스톤에 몸이 적응하기 시작하면서 시기가 앞당겨진 것 같았다.

이걸 좋다고 해야 되나, 안 좋다고 말해야 되나 싶을 정도로 헷갈렸다. 어떤 거든 장단점이 존재하지만, 사실 빠르다고 좋은 것만은 아니었다.

'문제는 내가 다리를 달고 나서 눈까지 달 수 있느냐군.'

고민해봤자 결론은 머릿속에서 이뤄지지 않는다. 직접 해보고 결정이 되는 것.

곤조도, 망령도 잠잠하긴 했었다. 물론, 씨스톤과 대화가 통하기 시작하면서 놈들은 조금 조용해졌다. 아무래도 씨스톤이라는 녀석이 내부를 통제하는 듯한 인상이 강했다.

'녀석이 직접 가능하다고 하니까.'

펜릴은 곧장, 막스에게 가서 망토를 빌렸다.

'욕심이 없다고 해야 하나, 의심이 없다고 해야 하나.'

막스는 의외로 망토를 순순히 빌려 주었다. 사실, 빌려 주지 않는다면 그와 동행을 할 생각이었다. 하지만, 막스는 망토의 사용법 까지 가르쳐주면서 조심하라고까지 일러줬다.

저벅저벅.

막스를 따라왔던 길을 되짚어가면서 펜릴은 거침없이 발걸음을 옮겼다. 이 망토만 있으면 스펙터 왕의 영역에서도 몸을 숨길 수가 있다.

하지만, 이게 장점만 있는 건 아니다.

하루 30분.

그게 한계다.

이 망토에는 흙의 정령이 깃들어 있는데, 그 흙의 정령이 펜릴을 주위의 흙이나 돌, 바위와 완벽하게 동화를 시켜준다. 그래서 스펙터 왕의 눈을 피할 수 있다.

'찾았다.'

펜릴은 근처에 x자로 표시를 해두었다.

팬텀 라지아의 다리.

언데드이기 때문에 썩지도 않고, 썩 훌륭한 상태를 유지하고 있다.

펜릴은 씨스톤의 팔을 각성시키고 놈의 다리를 들었다.

팔이 없으면 이놈을 만지지도 못한다.

―빨리 가자.

씨스톤도 제법 불안한 모양이다.

펜릴도 계속해서 이곳에 있고 싶은 마음은 절대 없기 때문에 서둘러 자리를 떴다.

다행히 망토가 필요한 순간이 나타나지는 않았지만.

마을로 돌아온 펜릴은 망토를 돌려줬다.

사냥꾼인 펜릴에게 저 망토는 굉장한 아이템이 될 수 있지만, 호의까지 베푸는 드워프들의 물건을 가져가고 싶은 생각은 절대 없었다.

펜릴은 한적한 공간으로 이동한 뒤, 마체테를 꺼내 발목의 문신을 베었다. 며칠 지났다고 벌써 다시 상처가 복구되는 것을 보니 확실한 행동이 필요했다.

스아아아―

문신엾에 검은 연기가 하늘로 솟구쳐 올라간다.

펜릴은 멍하니 그 현상을 지켜봤다.

잠시 후, 멀쩡한 공간이 찢어지면서 삼지창을 들고 있는 작은 악마가 하얀 이를 드러내며 나타났다.

케케케―

흑요석과 시약이 없기 때문에 펜릴은 강제로 주술의 악마를 불러, 각인을 맺어야 한다.

펜릴이 팬텀 라지아의 다리를 내밀고 다리를 가리키자 주술의 악마는 손짓을 했다. 잠시 후, 곤조의 발목이 허공으로 뜯겨져 나오더니 악마에게 흡수 되었고 대신 팬텀 라지아의 다리가 그 자리를 대신했다.

볼일을 끝낸 악마는, 마계로 돌아갔다.

펜릴은 곧바로 시험 삼아서 팬텀 라지아를 각성 시켜봤다.

확실히 기존에 있던 곤조의 발목 이라는 녀석과는 다르다.

발목 밑으로만 각성이 되는 것과 다르게, 이놈은 골반 밑으로 모든 것이 각성이 된다.

'랩터라는 녀석과는 다르네.'

랩터는 모든 것이 뛰기에 적합한 근육질의 몸이었다.

그래서 링커들이 선호하는 최고의 다리다.

팬텀 라지아는?

확실히 이건 희귀성이 있는 녀석이다.

능력만으로 따지자면 분명한 건 최상급 마수인 랩터와 차이가 있는 건 어쩔 수 없다. 하지만, 그건 단기적인 능력이다.

예를 들면 팬텀 라지아는 일단, 체력이라는 녀석이 필요가 없다. 아무리 뛰어도 펜릴의 정신이나 혹은 몸이 피곤할 순 있어도 다리는 절대 피곤하지 않다.

무엇보다 칼이나, 활 같은 물리적인 공격 자체가 아예먹혀 들지를 않는다.

물론, 랩터 또한 가죽이 워낙 두텁기 때문에 그런 무기들이 먹히지는 않지만.

최상급 마수인 랩터와 비교하는 건 사실 무리가 따를 수밖에 없다. 괜히 모든 이들이 원하는 아이템이 아니다.

랩터 보다는 한 단계 밑이라고 볼 수 있지만, 속도는 기존 보다 배는 빨라졌다.

곤조는 단순히 달리기가 빠르다는 것 보다는 그 강력한 발목 힘으로 점프하는 거리나 속도가 빨라지는 것 뿐이다. 그걸 달리기에 응용해 빨리 달렸을 뿐.

하지만, 팬텀 라지아는 달리기 자체가 워낙 빠르고 높이 뛰어 오르는 것도 가능하다.

펜릴은 각성을 새로 한 날이면, 뭐든지 그날만큼은 모든 일정을 포기하고 적응에 집중한다. 적응하지 못한다면 결국 중요한 시점에 써먹지 못할 때가 온다.

'일단 다리는 성공했다.'

펜릴은 제법 시간을 보냈다고 생각하고 막스의 집으로 되돌아갔다.

팔은 씨스톤.

다리는 팬텀 라지아.

심장은 망령.

이 3가지로 무장이 되었다.

펜릴은 이것 만으로도 이미 링커들 세계에서 제법 이름이 알려진 상태가 될 거다. 물론, 지금처럼 조용히 지낸다면 누구 하나 알 수가 없을 테지만.

하지만 이 같은 사실이 밝혀진다면 분명 제법 회자되는 이름이 될 것 같기는 하다.

펜릴은 바닥에 누워 천장을 바라보았다. 그의 손에는 카두치의 눈이 들려 있었다.

'이거, 각인할 수 있을까?'

-모르겠다. 내 능력으로는 너의 모든 재능을 알 수 있는 건 아니다.

'그래?'

-당장 내일이 될 수도, 5년 후가 될 수도, 10년 후가 될 수도 있다.

펜릴은 곰곰이 생각해보더니 물었다.

'지금은 불가능하다는 소리지?'

-지금 너의 그릇으로는 그 눈을 담아낼 수 없다.

몬스터 링크

monster link

이상한 계약

NEO FANTASY STORY

펜릴은 이전보다 잠을 자기가 힘들어졌다.

씨스톤이 몸에 맞게 적응하기 시작하면서, 곤조와 망령은 잠잠해졌고 펜릴이 휴식을 취하거나 잠을 자면 씨스톤도 입을 다물었다.

마수들에게도 휴식이라는 측면이 반드시 필요했고, 인간은 낮과 마수들은 밤에 활동을 하는 악순환의 사이클이 시작되기 때문에 링커들은 자는 시간만 되면 마수들의 시끄러운 소리에 시달려야 했다.

그런데 씨스톤이 그런 모든 상황을 통제해버린 거다.

다만 곤조가 사라지고 팬텀 라지아가 들어오면서부터 씨스톤의 통제에 문제가 생기기 시작했다. 물론, 그만큼 팬텀 라지아라는 녀석의 힘이 막강하다는 것을 증명하는 것이기도 했다.

잠을 잘 때 시끄럽다는 것.

이건 펜릴이 다음 단계로 성장하는 데 있어서 분명히 불가능하다는 것을 입증하고 있는 것이었다.

평생 이 다음 단계가 열리지 않을 수도 있고 내일이나 내일 모래, 혹은 1년 후가 될 지도 그건 아무도 모른다는 것.

링커가 어떤 계기로 다음 각성으로 가는 지는 밝혀진 바가 없다. 기사들이나 마법사들의 경우 벽에 부딪히고 한계에 다다랐을 때 자신들이 가진 무언가를 깨뜨리는 개념으로 성장을 한다곤 하는 데 그건 링커들과는 사뭇 다른 것이었다.

기사나 마법사들처럼 각성을 하는 자들도 있고, 혹은 어느날 갑자기 각성이 되는 자들도 있고.

펜릴이 곤조의 발목에서 다음으로 넘어올 때가 분명히 그랬다. 곤조의 발목이라는 것 자체가 완전한 하나의 개념으로 볼 수 없기 때문에 펜릴은 오래 기다리지 않고 생각보다 빨리 기회가 찾아왔었다.

블랙 맨티스의 손톱, 그리고 곤조의 발목.

이 2개는 2차 각성 링커에게는 확실히 어울리지 않을 만큼 잠식도 작고 약한 녀석들이었다. 그 때문에 펜릴이 망령이 심장에 각인이 되는 데 큰 무리가 따르지 않았다.

하지만, 이제는 최상급인 씨스톤이 들어왔고 그에 걸맞은 팬텀 라지아라는 다리를 얻었다. 게다가 심장까지.

펜릴의 성장속도는 남달랐다.

확실히 동년배에서 펜릴의 적수를 찾는 건 쉽지 않은 일이었다. 펜릴은 매일 같이 혹사할 정도로 권술까지 단련했다.

몇 년이 지난다면 동년배 뿐만 아니라 링커들 사이에서 펜릴은 독보적인 위치까지 올라갈 수도 있을 거다.

물론, 그 전까지 착실하게 살아남고 성물들을 모을 필요가 있었다.

'빌어먹을, 그 전에 뒈지게 생겼단 말야.'

펜릴은 스펙터의 왕 근처에 접근도 할 수 없다.

게다가 왕 정도 되면 이 전 처럼 펜릴을 향해 무의미한 투사체 마법은 결코 사용하지 않을 거다.

땅을 갈라놓는 다거나, 혹은 360도 전방위적 마법을 퍼붓는다거나 펜릴을 죽일 수 있는 마법은 널리고 널렸다. 게다가 수면 마법을 건다면 펜릴은 여지없이 곯아떨어질 거다.

그러기 위해서는 죽거나 살거나 항마력을 가지고 있어야 한다.

기사들이야 인간의 경지를 넘어 초인의 경지로 올라서면 저절로 항마력이 생기고, 마법사들이야 마법으로 항마력을 대체할 수 있다지만 도통 링커들은 이 항마력이라는 놈이 문제였다.

어쭙잖은 마나연공법으로 기사들처럼 초인의 경지에 올라설 수도 없고, 펜릴은 마나연공법도 이제 필요가 없다.

마나가 없는데, 무슨 마나연공법?

망령의 에너지. 이건 분명히 다른 에너지다.

정확히 말하면 붉은 열매의 에너지지만, 이건 마나와는 다른 거다.

아무리 샘처럼 솟는 에너지가 생겼다고 한들, 이건 마나와는 다른 강점도 있고 단점도 있다. 아무리 쌓아 올려도 결국 초인의 경지에는 오를 수 없다는 결론을 내릴 수 있다. 초인의 경지에 오르기 위해서는 일단, 배꼽 아래 마나창고(홀)에 마나를 쌓아야 한다. 하지만, 이건 심장이다. 마나창고는 하나의 탑이다. 탑을 쌓는 거라고 볼 수 있다. 밑을 단단하게 쌓아 올리며 명치 부위까지 총 3단계를 쌓아 올릴 수 있다. 그리고 그 3단계를 쌓아 올리면 초인의 경지에 이른다.

하지만, 심장은 이 이상 팽창하지 않는다. 내려가지도 그렇다고 올라가지도 않는다는 거다.

초인이 되지 못하니, 항마력이 생기지도 않는다.

이건 분명한 단점.

하지만, 마나 보다 일단 다르게 소모가 거의 없다. 아무리 쓰고 써도 넘친다. 게다가 초인들이 사용하는 푸른 검, 혹은 하얀 검을 비슷하게 흉내낼 수도 있다. 이건 트롤의 재생력을 죽이고, 여러 가지 효과를 볼 수 있다.

어떤 힘이든 각각의 장단점이 분명하게 존재한다.

펜릴은 어쨌든 망령의 에너지로는 항마력을 얻을 수 없으니 어떻게든 항마력을 얻을 다른 방법을 구해야 한다.

물론, 그게 품 안에 있는 카두치의 눈이라고 볼 수 있지만 더 이상의 오버(over) 각인은 주술의 악마가 들어주지도 않을 거다.

'순서가 틀렸나?'

5가지의 성물 중, 붉은 열매를 얻은 자들은 스펙터왕의 목걸이를 얻을 수 없단 말인가?

이곳에서 나간 뒤, 펜릴은 트론왕의 날개를 얻는다면?

항마력이야 얻을 수 있는 방법이지만 펜릴은 현재 그 날개를 각인할 수는 없다. 눈도 못 붙이는 마당에 날개라니?

"빌어먹을, 그럼 재능이 없는 놈은 불사가 되지도 못한다는 거야? 그럼 불공평하다고."

씨스톤 녀석도 아무런 말도 못하는 걸 보면 그도 마땅한 해결책이 없는 것 같다.

최선이 펜릴의 재능이 있을 수도 있다는 걸 알고 기다려야 되는 것 말고 없다니.

'드워프들을 방패로 삼아서 기습을 하면?'

어차피 드워프들은 펜릴과 상관없이 스펙터의 왕과 일전을 준비하고 있었다. 그들의 도움을 받는다면 그럭저럭 항마력을 도움 받고 스펙터왕을 잡을 수 있을 것 같기도 하다.

'방법은 그거 하나 뿐이야.'

펜릴은 어금니를 깨물었다.

어차피 5가지의 성물을 찾기 위해서는 이 보다 더한 일도 앞으로 일어날 거다.

결론은?

드워프들을 방패로 세워 기습을 노려야 한다. 혹은, 화살이 있으니 화살 공격을 통한다면?

'아니, 아니다.'

어쭙잖은 공격이다. 화살이 아무리 강하고, 망령의 에너지를 담는다고 해도 왕을 죽일 수는 없다.

놈을 죽이기 위해서는 씨스톤의 팔이나 마체테로 놈의 목을 쳐야 한다. 게다가 목걸이까지 얻어야 한다.

괜한 의심을 사지 않으려면 근거리에 있는 게 좋다.

"무슨 생각을 그리 하나? 핫핫!"

키가 반만 한 드워프.

막스가 펜릴의 등을 팡팡 때렸다.

"아닙니다."

펜릴은 남몰래 한숨을 쉬었다.

막스도 그렇고 드워프들은 펜릴에게 의심한 점 없이 잘 해 주었다. 이들을 뭔가 방패로 세우고, 말도 없이 이득을 취한다는 행동 자체가 어딘지 모르게 씁쓸했다.

물론, 스펙터의 왕이 죽는다면 이들에게도 그리고 펜릴에게도 좋은 일이지만.

정말 냉철하게까지 변해야 하는 일이지만, 자신에게 잘 해주는 드워프들을 상대로 하는 건 어딘지 모르게 내키지 않는 것도 사실.

게다가 드워프라는 종족들에게 있어 인간이라는 종족이 어떤가에 대한 평가는 지금 펜릴이 만들어내고 있다.

펜릴은 막스의 뒤를 졸졸 따라 다니며 광물을 캐고 이곳 데린구유의 지리를 익히고 드워프들과 인사를 나누었다.

"자네 얼굴이 그리 좋아 보이진 않는 군."

"그렇습니까?"

어느날 산에 올라간 사람에게 물었다.

그 산은 아름답습니까?

그랬더니, 그 등산객이 말했다.

제가 산에 올라가 있어서 산을 볼 수가 없습니다. 그러니 산이 아름다운 지 알 수가 없군요.

펜릴도 마찬가지다. 스스로의 얼굴을 바라볼 수 없는 처지다.

거울을 보거나 호수의 비친 자신의 모습을 보거나.

그런 방법이 아니면 어떻게 자기 얼굴을 확인하겠나?

펜릴은 소매로 자신의 이마를 닦았다.

생각보다 이마에 땀이 많아 소매가 흠뻑 젖었다.

'빌어먹을, 이따위 걱정 때문인가?'

막스는 펜릴의 얼굴을 또렷하게 노려보더니 한 마디 툭 던졌다.

"자네……."

"예?"

"이상한 힘을 가지고 있군."

◆

이상하다면 이상한 힘이다.

링커라는 힘이.

드워프들에게는 사실 굉장히 생소할 거다.

인간의 몸에 마수의 영혼을 집어 넣고, 그 부위를 빌려다 쓴다라는 개념 자체가.

게다가 영혼은 어떤가?

반토막이 나있기 때문에 어딘지 모르게 불완전한 모습

이다.

그릇이 다 차지 않고 그 절반만 차있으니 나머지 절반이 공허한 모습.

물론, 그만큼 마수들의 영혼이 그 그릇을 차지하고 있지만 원래부터 자신의 영혼이 아닌 이상에야 문제가 생길 수밖에 없다.

그런데 막스는 펜릴이 링커라는 걸 모르고, 링커라는 개념 자체를 아예 모른다.

그런데 대뜸 이상한 힘을 가지고 있단다.

"무슨 얘기 입니까?"

"자네가 서있는 곳은 땅의 위. 결국 자네 또한 땅의 일부. 땅의 정령이 얘기해주는 것을 들은 것 뿐이야."

"정령이 뭐라고 합니까?"

"자네의 몸에 정령이 깃들어 있다는 군."

"정령?"

정말 생각해보지도 못한 대답이다.

당연하게도 펜릴은 정령술사를 만나 본 적도 없다. 아니, 만나봤다면 여기 데린구유에서 뿐이다. 이들은 불과 흙의 정령을 다루고 있다. 그런데 그런 곳에서 조차 펜릴은 정령을 본 적이 없었다. 보이지 않는 건 당연하다. 이곳 주위를 이미 맴돌고 있음에도 불구하고 정령들은 펜릴의 눈에 보이지 않는다. 재능이 없기 때문이다.

재능이라는 건 곧, 정령들과의 친화력을 얘기한다.

펜릴은 그 어떤 정령들과도 친화력을 보이지 않는다.

"저는 정령들이 눈에 보이지 않는데요."

막스는 피식 웃었다.

"정령이라는 건 불이나 물, 바람이나 땅을 얘기하는 게 아니야. 그 어떤 것이든 정령이 깃들어 있고, 그 힘이 있지. 그 힘이 실체화를 할 수 있는 가없는 가에 대한 것이 사람들이 바라는 힘이라는 거겠지만. 물론, 자네에게 정령의 친화력이 있다는 얘기는 아니지만."

"그럼요?"

"자네도 모르나? 자네의 몸에 묶여 있는 정령의 존재가?"

펜릴은 자신의 몸을 스르륵 아래서부터 위로 쭈욱 눈을 올려다 봤다.

'마수들을 얘기하는 건가?'

다리? 팔? 펜릴은 그때 가슴에서 고정 되었다.

'망령을 얘기하는 건가?'

"심장을 얘기하시는 겁니까?"

"그렇군. 자네 심장에 속박이 되어 있었군. 정령들과는 조금 다른 힘이지만, 그것도 하나의 정령이야. 그걸 인간들은 뭐라고 부르나?"

"망령입니다."

"망령! 그렇군. 인간들 중에서는 사악한 인간의 영혼을 부리는 존재들이 있다고 들었는데, 자네가 바로 그 망령술사인가?"

"……."

펜릴은 대답을 못했다.

스스로도 어라? 내가 망령술사인가? 싶을 정도로 정체성에 혼란이 왔기 때문이다.

펜릴은 링커다. 그런데, 망령을 다룬다. 다만, 그 망령의 힘이라는 건 일시적이고 또 패널티가 크다.

"망령술사는 아니지만, 인연이 되어서 망령을 사용할 줄 압니다."

"그렇군. 그래 보여. 자네의 심장과 그 정령과 붉은 실이 연결되어 있는 게 보이는군."

그 실을 봤다는 사람은 지금껏 막스가 처음이다.

'인간의 눈과는 확실히 다른 건가? 종족이 달라서 그런 건가?'

막스는 펜릴의 눈을 쳐다보더니 되물었다.

"혹시 자네의 고민이 그 정령과 관련이 있나?"

"꼭 그런 건 아닙니다만."

"뭐, 자네가 그렇다면야. 하지만, 그 정령이 다소 불쌍하군. 정령계에 있어야 할 것들이 인간의 몸에 속박이 되어 있다니 말이야."

망령에게 정령계는?

곰곰이 생각해봐도 존재하지 않는다.

굳이 있다면 마계다.

하지만, 검은숲에서 만났던 망령술사의 망령들이 마계를 갔던가?

아니, 아니다.

망령들은 구천에 떠도는 영혼들.

이들을 위해 존재하는 거다. 마계로 가서도 안 되고 이 세계에 존재해야 한다.

펜릴은 조심스럽게 물었다.

"혹, 떼어낼 수 있습니까?"

떼어낼 수 있다면 이건 혁신적인 거다.

아니, 주술의 악마와 각인을 했던 것을 떼어낸다고?

막스에게 다소 의외의 대답이 나왔다.

"자네의 팔과 다리에 있는 건 정령이 아니라, 불가능 하겠지만 심장은 가능하겠군."

◆

망령.

아무리 생각해도 이상한 존재다.

펜릴이 원해서 심장에 달라붙어 있던 것도 아니고 따지

고 보면 어쩔 수 없는 상황에서 내린 결정이었다. 물론, 그 결정은 펜릴이 내린 것이 아닌 주술의 악마였지만.

게다가 망령은 '마수' 라는 존재라고 볼 수 없다.

팬텀 라지아는 그래도 동물이었고, 그게 언데드화가 된 거지만 사실 망령을 마수로 부리는 사람은 전혀 없었다.

링커들 중에 정령들을 마수로 부리는 자들이 존재하는가?

단연코 없다.

물론, 찾아본다면 신기한 마수를 달고 있는 링커들을 만날 수 있겠지만 정령이나 망령은 아마 대륙 어디를 뒤져도 찾기 힘들 거다.

애초에 심장에 링크를 한다는 개념 자체가 없다.

사실 그렇기 때문에 펜릴도 적절한 대응책을 구한 적도 없고 어떻게 해야 할지 고민만 했을 뿐, 가만히 내버려뒀다.

관련 사례가 없으니 어디서부터 어떻게 만져야 할 지 몰랐기 때문이다.

"방법이 있습니까?"

"나와 같은 정령술사들은 일단, 정령과 계약을 맺고 정령들을 이쪽 세계와 정령계를 왔다 갔다 하지만……."

그 말인 즉슨 펜릴이 심장안에 있는 망령과 일단 정령의 계약을 맺는다. 그러면 각인이 아무래도 풀리지 않을까 싶다는 거다. 그리고 그걸 자연스럽게 정령계(마계)로 보내버린다.

그럼 펜릴은 각인을 지우고, 정령술사들 처럼 망령을 다룰 수 있다.

보통 주술사들은 망령을 이용할 때, 정령처럼 계약을 맺지 않는다. 그냥 망령 자체가 하루 종일 주술사의 옆을 지킨다.

하지만, 펜릴은 조금 특수한 경우다. 태어날 때부터 망령에게 선택된 것이 아니기 때문에 펜릴이 망령을 선택하는 정령술사의 길이 남아 있는 거다.

주술사도 재능을 타고나는 거고, 정령술사들도 재능을 타고나는 거지만.

망령이 주술사를 선택하고, 정령술사들은 친화력을 바탕으로 정령계에서 정령을 선택한다.

펜릴은 전자는 이미 불가능하기 때문에 후자의 방법을 선택할 수 있다는 거다.

"방법은요?"

펜릴은 정령의 계약을 맺는 법을 모른다.

하지만, 이 데린구유에는 엄청난 숫자의 정령술사들이 존재한다. 특히 막스는 땅의 정령에 굉장히 조예가 깊은 편.

펜릴은 마계를 열 필요가 없다. 이미 망령을 근처에 가지고 있기 때문이다. 이 둘은 각인이라는 속박이 맺어져 있지만, 이걸 정령과의 계약으로 바꾼다면.

'잠식을 없애고 망령을 이용할 때의 단점도 지워진다. 무엇보다…….'

펜릴의 재능을 다른 곳에 사용할 수 있게 되는 거다.

링커들 중에서는 마나연공법을 배워 몸을 단련시키고, 수명을 늘리는 사람들이 있지만 가끔 마법을 배우는 특이한 자들이 존재한다. 그렇다는 건 타고만 난다면 정령술사가 되는 것도 무리는 없다, 라는 뜻.

"지금 해보죠!"

쇠뿔도 단김에 빼랬다고.

준비는 막스가 해줬다.

사실 이건 커다란 도전이었다.

전례도 없었고 앞으로도 펜릴 이후로는 이런 일이 일어날 수도 없을 거다. 망령을 각인시켰고, 그 망령을 정령술사처럼 만들어 버리는 계약을 맺는다?

펜릴은 피식 웃었다.

어째, 씨스톤으로부터 어떤 말도 없다.

'이 녀석도 어느 정도 성공 가능성을 점지해둔 건가?'

50%라는 얘기가 아니다. 20, 30%만 되도 가능성은 굉장히 크다. 해볼 만한 가치가 있다는 얘기다. 물론, 그 부위가 심장이기 때문에 크게 다치거나 어떻게 될 수도 있다는 생각이 들기도 하지만.

"처음에는 정령계를 열어서, 정령을 찾아야 하지만 자네는 이미 가지고 있으니 열 필요는 없겠지. 그럼, 계약부터 진행하면 되겠군."

정령과 가장 중요한 건 교감이다.

눈을 감고 말을 걸면 된다고 했는데, 생각보다 잘 되지는 않는다.

쓰아아-

항상 녀석의 말소리다.

그런데 시간이 지나니 그 말소리가 조금 더 깊은 곳, 머리 안쪽에서부터 들려온다는 생각이 들었다.

'이게 교감인가?'

흑요석이나 어떠한 것도 필요한 게 아니었다.

그냥 아무 것도 없어도 정령과의 교감은 가능하다.

'그리고 이 정령계의 언어로 말을 걸라고 했지?'

속으로는 망령이 정령계의 언어를 모르면 어쩌지라는 생각이 들긴 했지만, 그냥 말을 이어 나갔다.

정령계의 언어는 막스가 가르쳐줬다. 한 문장 밖에 되지 않는 단순한 글귀.

순간 심장에 있던 망령의 에너지가 조금씩 소모 되고 있다는 것이 느껴진다.

정령술사들이 정령을 소환하거나 혹은 정령의 기술을 사용할 때, 자신들의 몸 안에 있는 에너지를 이용한다. 친화력만으로는 정령을 사용할 수 없다. 펜릴로써는 심장에 있는 붉은 열매의 에너지. 그것이 에너지원으로 사용되고 있는 거다.

파앗-!

펜릴의 옷이 팔락팔락 거렸다.

눈을 감은 펜릴은 심장 안에 숨어 있는 망령을 끄집어냈다.

'안 나오려고 하는 군.'

망령으로써는 펜릴의 심장이 곧 자신의 집이다.

공교롭게도 펜릴이 사용하는 에너지와 망령이 사용하는 에너지가 부딪혔다. 둘 다 붉은 열매의 에너지를 원천으로 사용하지만, 아무래도 펜릴의 의지가 조금 더 강했다.

그때, 펜릴의 눈앞으로 공간이 찢어지기 시작하면서 삼지창을 들고 있는 작은 악마가 나타났다.

'주술의 악마!'

자신이 관장하는 녀석의 몸에 이상이 나타나자 눈앞에 현신한 거다.

그러더니 팔짱을 끼고 상황을 지켜봤다.

'뭐야, 이 녀석은 그다지 신경 쓰지 않는 건가?'

펜릴은 마침내 심장에서 망령을 뜯어냈다. 그러자 둘 사이를 잇고 있는 붉은 실의 모습이 사라졌다. 펜릴은 그 망령을 주술의 악마에게 건네줬다.

어차피 주술의 악마는 마계에서 왔다. 그가 망령을 마계로 데리고 가면 상관이 없을 일이다.

주술의 악마는 삼지창으로 망령의 몸을 콕콕콕 찔렀다.

케케케-

'빌어먹을, 저 녀석과 정이라도 들판이군.'

되도록 저 주술의 악마 얼굴을 안 보는 게 좋다.

-눈에 각인 작업하는 건 어렵고 이곳에서는 쉽지 않다. 녀석이 나타난 김에 부탁을 해라.

'아! 그렇군.'

잠잠하던 씨스톤이 입을 열었다.

그의 말 대로 펜릴은 서둘러서 카두치의 눈을 꺼내고 눈을 가리켰다. 녀석과 대화가 통하는 건 아니지만, 사실 누군가와 말을 하고 의사소통을 하는 데 말 보다 중요한 건 행동이기도 하다.

'됐다!'

주술의 악마가 카두치의 눈을 가져갔다.

펜릴에게 재능이 없다면, 분명히 카두치의 눈은 거부당할 거다.

자신이 맺은 각인을 무효화시켰다는 측면에서 바라봤을 때, 이건 대단한 발전과 발견이었다.

왼쪽 눈이 따끔거린다는 느낌이 들자 주술의 악마는 그대로 다른 공간으로 사라졌다.

"후!"

펜릴은 가볍게 한숨을 내쉬었다.

옆에서 지켜보던 막스는 펜릴을 향해 물었다.

"어떻게 됐나?"

펜릴은 그저 말없이 피식 웃었다.

◆

–카두치의 눈을 얻기는 했지만, 조심할 건 따로 있다.

"뭔데?"

–항마력이다. 너는 지금 두 쪽 다 눈을 얻은 것이 아니라, 왼쪽 눈 하나뿐이다.

펜릴은 왼쪽 눈만 각성 시켜봤다.

색깔이 사라지고 오로지 검정과 하얀색만 보인다. 오른쪽 눈으로는 보이지 않는 것이 왼쪽 눈으로는 하얀색으로 보인다고 했다.

"무슨 소리야?"

–항마력이라고 하는 건 100%를 얘기하는 게 아니다. 내가 어느 정도 까지 마법 데미지를 최소화 시킬 수 있는지, 혹은 어느 단계의 마법까지 막을 수 있는 지를 똑똑히 기억해야 한다.

항마력.

이건 크게 두 가지로 나눈다.

첫 번째는 마법의 단계를 막아내는 힘이다. 마법은 소위 하급 마법부터 최상급 마법까지 다양하게 분포 되어 있다.

카두치의 눈이라면 중급 이상의 마법 까지도 수월하게 막아낼 수 있다.

두 번째는, 퍼센트다.

상급, 최상급 마법을 100% 카두치의 눈으로 막아낼 수 없다. 최상급 마법 까지 모두 막아내기 위해서는 트론왕의 날개가 필요하다. 카두치의 눈은 100%가 아니라 데미지를 마법의 단계에 따라 30%, 40% 정도 줄일 수 있는 효과를 가지고 있다.

"그러니까 마법을 맞으면 죽는 건 아니지만 데미지를 입는다고?"

-그렇다고 봐야지. 막아낼 수 없는 마법도 여전히 존재하고. 하지만, 기본적인 저주 마법이나 상태 이상을 일으키는 마법 정도는 가볍게 튕겨낼 수 있을 거다.

펜릴은 고개를 끄덕였다.

카두치의 눈을 달기 전만 해도 간단한 수면 마법만 써도 펜릴은 잠들어 버렸다. 아무리 강한 힘이 있어도 이래서 링커들이 마법사에게 약한 기질이 있는 거다.

항마력이라는 건 마법만 막아내는 게 아니라, 정령이나 망령같은 힘도 튕겨낼 수 있다. 그래서 중요한 거다.

-눈을 두 개 달면 항마력을 더 높일 수 있다.

"사양한다."

눈도 없거니와, 구하기도 힘들다.

사실 아쉬운 건 사실이다. 눈을 두 개 달면 항마력을 60%이상으로 맞출 수 있다. 최상급 마법을 맞으면 펜릴은 지금 꼬꾸라질 수밖에 없긴 하다.

하지만, 일단 스펙터왕에게 대응할 방법이 생겼다는 면에서는 자랑할만 하다.

"어디……."

펜릴은 망령도 소환해봤다.

붉은 열매의 에너지가 쑤욱 빠지는 가 싶더니, 옆에 두둥실 망령이 떠올랐다.

하지만, 집중력을 흐트러뜨리면 망령은 순식간에 마계로 다시 돌아간다.

"정령술사가 이렇게 어렵다니."

정령술사들은 캐스팅을 하지 않고 움직일 수 있다는 장점 대신 엄청난 집중력이 필요하다. 집중력이 흐트러지면 정령은 정령계로 돌아가 버린다. 쉽고 편하다고만 생각하던 정령술사에게도 이러한 어려움이 있을 줄이야 알았겠는가.

대신 확실한 장점이 생겼다. 이제 망령을 소환하고도 펜릴은 붉은 열매의 에너지를 사용할 수 있다. 게다가 더 이상의 잠식 효과도 없으며, 체력적으로 소모 될 일도 없다.

어차피 이놈에게 이곳에서의 현신을 유지시키는 건 결국 붉은 열매의 에너지. 이건 쓰고 써도 닳지가 않는다.

펜릴은 망령을 마계로 보내고 깊은 한숨을 내쉬었다.
일단, 팔과 다리는 정말 남들이 보기에도 탐이 나는 마수들로 장착을 했고, 카두치의 눈이라는 좋은 눈까지도 가졌다.
카두치의 눈이 양쪽이 아니고 한쪽이라는 면에서는 조금 아쉬운 게 있지만, 이 정도만 해도 펜릴은 3차 각성 링커들과 싸워도 분명히 쉽게 밀리지 않을 거다.
같은 3차 각성 링커였던 시절에도 클리드에게 허무하게 당했던 것처럼. 앞으로 그런 일은 일어나지 않을 거다. 게다가 펜릴은 누구도 예상하기 힘든 망령이라는 존재까지 정령화에 성공했다.
'망령은 끝가지 숨긴다. 이건 내 3할이야.'
고수는 결코 남은 3할을 숨기는 법이다.
특히나 같은 급의 링커들은 죄다 항마력을 가지고 있다. 망령이 두 마리, 세 마리라면 그들의 항마력과 상관없이 무력화 시킬 자신이 있지만 한 마리 정도라면 턱도 없다. 이건 끝까지 숨겼다가 마지막에 드러내야 한다.
펜릴은 자신이 가지고 있는 무기들도 점검을 했다.
마체테와 복합궁.
그 외에는 더 이상 할 게 없었다.
펜릴은 숨을 가볍게 몰아쉬었다.
데린구유는 히로투스로 돌아가기 위한 드워프들이 스펙

터왕과의 전투를 앞두고 다소 긴장감이 감돌았다. 이미 과거에 몇 번 실패한 경험이 있기 때문에 굉장히 신중한 태도였다. 더군다나 스펙터왕이 최근에 몸집이 커졌기 때문에 걱정이 이만 저만이 아니었다.

펜릴은 막스에게 부탁을 해서 그 전투를 앞두고, 참가를 신청했다.

드워프들은 이 일에 인간이 낀다는 생각에 못마땅 하는 자들도 있었으나 펜릴은 이들이 말린다고 하더라도 반드시 참가할 생각이었다.

이들의 전투를 위함이 아니라, 펜릴 스스로를 위한 전투.

목걸이.

그걸 다시 얻어야 했다.

"가죠."

몬스터 링크

monster link

스펙터의 왕

NEO FANTASY STORY

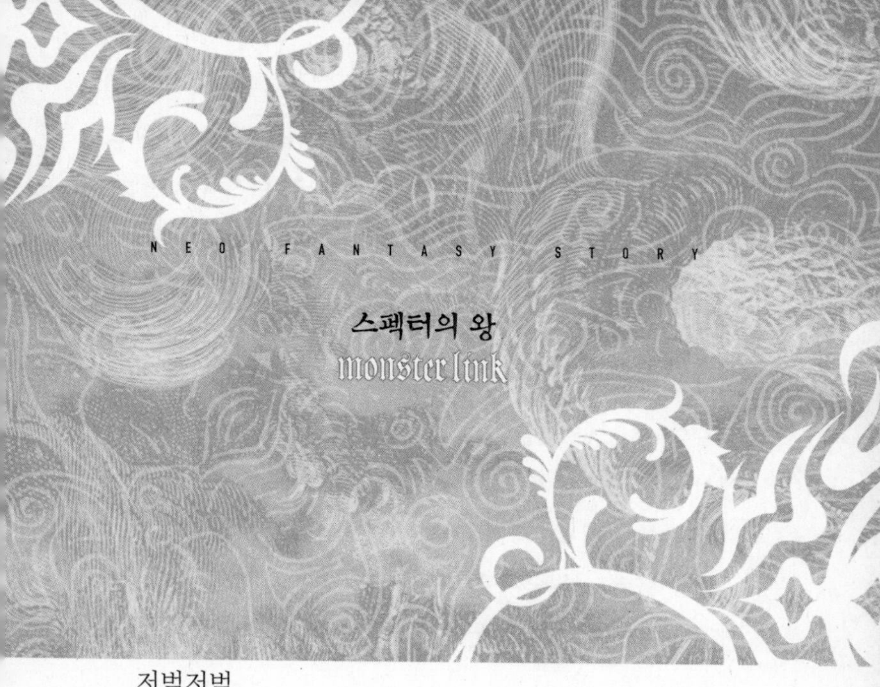

저벅저벅.

펜릴은 드워프들의 사이가 아닌 맨 뒤에 서서 걸었다.

아무래도 그들 보다 키가 두 배는 컸고, 아무래도 등에 맨 활 때문에 그들을 조금 자극시킨 모양이다.

"엘프 같은 녀석이로군."

"엘프는 싫다."

"얼굴은 다만 엘프의 반도 못 따라가."

펜릴은 뺨을 긁적였다.

드래곤은 신이 만든 첫 번째 지적 생명체다. 인간 보다는 마수에 가깝다. 그 다음에 만든 건 가장 아름다운 피조물, 엘프. 그리고 그와 동시에 만들었던 대장장이들 드워프.

엘프와 드워프를 만들며 조금씩 마수나 동물에서 벗어나 인간의 형태로 빚어지기 시작했고 가장 마지막에 만들어진 것이 인간.

가장 짧은 생명력, 약한 힘, 하지만 빠른 번식력과 7가지의 욕망에서부터 비롯된 힘. 그것이 대륙의 최강자로 군림하게 만들었다고는 하지만.

드워프나 엘프들은 실제로 인간들 보다 감정이나 욕망에서 조금 벗어난 모습이다. 아예 그런 감정 자체가 없거나 욕망을 알지 못하거나 이해를 못한다.

이른바 개나 원숭이에게 말을 가르친다고 그들이 말을 하지 못하는 것처럼 아예 불가능한 일이다.

각설하고.

엘프는 신이 만든 가장 아름다운 피조물.

펜릴은 생각보다 평범하게 생긴 얼굴이다. 그렇다보니 엘프와 비교하는 것 자체가 웃긴 일이다.

드워프와 엘프들 사이가 좋지 않다는 건 누구나 알고 있다.

그래서 인간으로부터 침략을 당할 때, 신에게 받은 성지를 반으로 나누어 사용하고 있지 않겠는가?

막스처럼 좋은 드워프들도 있지만, 조금 막돼먹은 놈들도 존재한다.

특히나 드워프들은 도끼나 몽둥이를 들고 싸우는 걸 좋

아하는 데 뒤에서 활이나 사용하는 엘프들은 굉장히 싫어하는 편이다. 실제로 무기를 잘 만드는 드워프들 중에서 활을 만들 줄 아는 드워프는 몇 명 되지 않는다.

어차피 맨 앞에 서서 이들의 시야를 방해할 것도 아니고, 그렇다고 스펙터의 왕에게 공격을 집중 받고 싶은 편도 아니니 뒤에서 움직이기로 했다.

-드워프들은 기본적인 힘이 인간들 보다 강하다. 대부분이 정령을 다룰 줄 안다는 게 큰 능력이지.

인간들은 뭐랄까, 선택받은 사람들만 마나를 다룰 수 있는 기사가 되거나 마법사가 된다.

재능의 선택, 환경의 선택, 운의 선택, 노력의 선택 등등.

아무리 재능이 많아도 환경이나 운이 따르지 않는다면 평범한 사람일 뿐이다.

다만, 드워프들은 무언가 특별한 것을 얻는다면 모두가 그걸 다 같이 사용한다. 인간들이 자식들에게 비전처럼 내려지는 마나연공법이나 검술, 권술과는 다르게 드워프들은 그런 마나연공법이 있다면 옆에 사는 꼬마에게 까지 가르쳐줄 거다.

드워프들이야 대부분 정령의 선택을 받고 태어나니 뭐, 정령술사가 된다는 건 기본적인 일.

게다가 기본적으로 항마력들도 다들 있는 것 같다.

'누구는 고생고생을 해서 얻는다면…….'

펜릴은 괜히 한숨을 쉬었다.

사실 드워프들은 불사의 존재가 될 필요가 없다. 이들은 수명 자체가 인간과 다르다. 인간이 많이 살아봐야 100살이지만, 드워프들은 기본적으로 450살, 500살 까지도 산다. 엘프도 수명이 500년이다.

거기다가 이들은 항마력에 재능까지 타고나니.

-너무 부러워할 것 없다.

'말이 그렇다는 거다. 말이.'

펜릴은 어깨를 으쓱했다.

맞다. 부러워할 필요 없었다.

결국 대륙이 인간을 지배하는 이유는 간단하다.

인간이 가장 강하기 때문이다.

"다왔다."

앞에 있던 막스가 펜릴에게 까지 소곤소곤 말을 해줬다.

펜릴은 고개를 살짝 끄덕였다.

◆

-정말 시시한 작전이다.

"……."

펜릴도 막스를 통해 작전을 들었을 때 같은 생각을 했다.

작전이랄 것도 없었다. 몇 명은 스펙터의 왕이 소환하는 스펙터나 언데드들을 상대하고, 나머지가 왕을 공격해 죽인다. 이미 그런 작전으로 실패를 경험했음에도 불구하고 이들은 같은 방법을 고수한다.

인간들은 지금 이 순간에도 전쟁을 벌이고 있을 거다. 전쟁을 벌이는 순간에도 인간들은 발전하고 발달하며 성장한다. 결국 자기가 하고 싶은 일만 하게 되면 엘프도 그렇고 드워프도 그렇고 도태될 뿐이다.

이들이 신이 정성 기울여 만든 피조물이 아니었다면, 진작에 인간들에게 잡아 먹혀 멸종했을 지도 모른다. 혹은 인간들에 대항하여 싸울 만한 전력을 구축했던가.

이들은 작은 전투마저도 경험해본 적이 없기 때문에 강한 힘을 가지고 태어나도, 좋은 재능이 있어도 그걸 전투에 써먹지를 못한다.

"전 뭘 하면 됩니까?"

"스펙터의 왕이 데리고 있는 스펙터들을 처리해주면 되겠군. 무리는 하지 말게. 이건 어차피 우리들의 일이야."

막스의 말에 펜릴이 고개를 끄덕였다.

펜릴도 필요해서 하는 일이긴 하지만, 그걸 드워프들이 알지 못하는 이상 몸을 사리라는 것도 이해가 간다. 펜릴은 마체테는 집어넣고 등에서 복합궁을 꺼내 들었다.

'드워프들이 싸우는 걸 볼 필요가 있어. 어차피 이들은 스펙터의 왕이 어느 정도의 힘 인 지 알고 있을 테니까.'

목걸이 때문에 파워 업을 하긴 했어도, 기본적으로 추측하고 있는 힘의 세기는 있을 거다. 나름, 방패나 무기들을 허리춤에 차고 온 모습이 용맹스럽긴 하다.

−온다.

펜릴은 살짝 긴장된 표정으로 고개를 옆으로 돌렸다.

스펙터 왕의 영역에 들어왔다. 기다리면 놈은 나타난다. 아마 숫자를 예상하고 스펙터들까지 대동하고 나타날 거다.

'통로가 제법 큰데?'

−이날을 기다리면서 몰래 몰래 야금야금 파뒀겠지. 좁은 곳에서 싸우면 스펙터 왕의 마법을 피하기가 쉽지 않으니까.

통로라기보다는 공터에 가까운 곳이다.

펜릴은 두리번두리번 거리다가 괜히 드워프에게 눈에 띄었다.

"방정 떨지 마라, 인간."

"네."

펜릴은 입술을 살짝 내밀었다.

드워프들은 히로투스로 돌아갈 수 있느냐 없느냐가 결

정될 정도로 중요한 순간이다. 펜릴이 괜히 심난하게 하면, 그들의 입장에서 조금 짜증이 날 법도 하다.

쿠콰콰쾅-

드워프들은 전부 땅의 정령과 불의 정령을 꺼내었다.

화르르륵!

통로 저편에서 거대한 불덩이가 날아왔다.

'시작이다.'

◆

거대한 벽이 세워졌다.

높이만 하면 150cm정도.

펜릴의 입장에선 꽤나 난처한 크기다. 드워프들은 그 정도만 벽을 세우면 거대하다라고 말을 할 수 있겠지만, 펜릴은 아니다. 벽 위로 스쳐 지나가는 불덩이를 피하기 위해서는 펜릴은 고개를 바짝 바닥으로 숙여야 했다.

"하하하!"

막스가 괜히 앞에서 웃었다.

쾅! 콰앙 콰아앙!

연이어 불덩이가 몇 번 벽을 부딪쳤다.

땅의 정령을 이용한 벽이니 금방 다시 세울 수 있다.

그런데 정령이 더 이상 견디기 힘들었던 모양이다.

드워프들은 빠르게 사방팔방 흩어졌다. 잠시 후 통로를 통해 엄청난 스펙터들이 들이 닥쳤다.

드워프들의 무기에 각자 정령의 기운이 쌓였다.

실체를 끄집어내기 위해서는 어쩔 수 없이 정령의 힘이 필요하다.

펜릴은 카두치의 눈만 각성시킨 채로 화살을 쐈다.

쉬익!

퍽!

스펙터가 사라진다.

펜릴은 후다닥 그곳으로 달려가 화살을 뽑았다.

이곳은 나무가 없으니 화살이 굉장히 귀하다. 화살을 만드는 사람도 없고 가지고 있는 사람도 없다.

이곳이 엘프들의 마을이었다면 차라리 더 좋았을 것 같은 기분도 든다.

물론, 엘프들은 의심이 많아서 애초에 이방인인 펜릴을 이렇게 까지 대우해주지도 않겠지만.

펜릴은 느긋했다.

왕과 싸우고 있는 드워프들이 스펙터들에게 괜히 방해라도 받으면 한 발. 누군가 위험이 생기면 한 발.

그냥 쉬엄쉬엄 한 발씩 쏘면 된다.

펜릴은 이따금씩 스펙터의 왕을 향해 화살을 쏴보았다.

근처에 생성된 배리어가 스펙터의 왕을 완벽하게 지켜냈다.

-화살로는 어림도 없다.

보통 화살이 아니다.

붉은 열매의 에너지를 적극적으로 사용하고 있으니 말이다.

그런데도 배리어를 뚫지 못한다는 건 그만큼 강력한 방어라는 거다.

펜릴은 활을 등에 다시 멨다.

'그럼 그렇지.'

자이언트 킬링이라는 말이 있다.

흔히, 약자가 강자를 잡는다는 건데 이건 단순한 우연이나 행운으로 벌어지는 게 아니다.

물론 그런 것들도 필요하지만 결국엔 작전이다. 인간들은 약자의 입장에서 강자와 싸우는 것이 익숙하고 강자가 되어 약자와 싸우는 게 익숙하다.

그런데 때때로 너무 당연하다고 생각했던 싸움이 엎어지는 경우가 종종 벌어진다.

그것이 바로 인간들의 세계다.

드워프들은 매일 같이 똑같은 전투를 벌인다면 결국 전투에서 이길 수 없다.

물론, 드워프들은 한 가지 행운이 따랐다.

그건 펜릴의 존재다.

"여기 있어요."

펜릴은 막스에게 말을 하고 곧바로 스펙터의 왕을 향해 돌진했다.

다리는 팬텀 라지아.

팔은 씨스톤.

눈은 카두치.

이 세 가지를 한 번에 사용해보는 건 처음인 것 같다.

실체가 보이고 항마력을 얻었고, 그 실체를 끄집어 낼 수 있는 팔이 있다. 그리고 팬텀 라지아는 더 빠르게 움직인다.

'일단 한 방 부터다.'

불덩이가 날아오른다.

펜릴은 가볍게 손을 내저었다.

항마력이라는 건 정말 대단한 녀석이다. 그렇기 때문에 사람들이 그렇게 얻고 싶어하는 걸지도 모른다.

불덩이가 펜릴의 앞에서 소멸 되었다.

이제 항마력을 얻었다는 걸 알았으니, 스펙터의 왕은 조금 더 강력한 마법을 사용할 거다.

찌릿.

스펙터의 왕 앞에 푸른 전류가 흘렀다.

콰지징징!

그것이 시끄러운 소리를 내며 펜릴을 향해 돌진해온다.

-피해라.

"나도 알아!"

펜릴이 왼쪽으로 몸을 굴렀다.

거리는 30미터다.

쉴 세 없이 펜릴이 착지한 곳으로 전류 공격이 날아 들어 온다.

씨스톤이 피하라고 까지 하는 걸 보면 상위 마법이다.

상급? 최상급?

이렇게 자유자재로 사용하는 걸 보면 최상급 까지는 아니다.

상급 마법 정도 되는 것 같다.

한 번이라도 직격하면 몸에 마비가 올 거다.

항마력이 없다면 즉사고.

어차피 마비가 되는 이상 살아날 방법은 없다고 보면 된다.

펜릴은 토끼처럼 깡충깡충 뛰면서 스펙터의 왕 앞에까지 다가갔다.

그만큼 피하기가 더 어려워졌다.

'젠장!'

이 때 만큼은 펜릴이 엄청난 집중력을 보였다.

그때, 스펙터의 왕 앞에 작은 빛이 번쩍였다.

-죽을 힘을 다해 피해라!

"뭐?"

갑자기 펜릴의 움직임이 멈춰진다.

-홀드 퍼슨(Hold person)이라는 마법이다.

"그게 뭔데?"

-상급 속박 마법이다.

속박 마법이라고는 한데, 펜릴은 느릿하게나마 움직일 수 있다. 이유는 항마력 때문이다. 항마력이 이 마법의 효과를 최소화로 만들어버린 거다.

카두치의 눈이 없었다면 펜릴은 꼼짝 없이 움직이지 못했을 거다.

하지만, 이 다음에 생성되는 전격 마법이 문제다.

"이런……."

번쩍!

빛의 세례가 펜릴을 덮쳤다.

앞으로 5미터면 스펙터의 왕에게 도달할 수 있는 거리다.

여기서 저걸 맞게 되면 펜릴은 죽을 지도 모른다.

펜릴은 곧바로 망령을 소환시켰다.

'옳지!'

망령은 펜릴의 몸을 완전히 막아버리는 장막을 만들어버렸다.

'좋아!'

시간이 지나니 완전히 마법의 효과로부터 벗어 났다.

-놈이 다시 홀드 퍼슨을 사용하기 전에 잡아라.

펜릴은 고개를 끄덕였다.

팔을 뒤에서부터 강하게 힘을 주어 앞으로 내질렀다.

쨍그랑!

유리창이 깨지는 소리가 들린다.

펜릴은 희미하게 웃었다.

스펙터의 왕을 지키던 배리어가 씨스톤의 주먹 한 방에 완전히 박살이 나버린 거다.

펜릴은 그 손으로 스펙터 왕의 옷자락을 붙잡았다.

"잡았다."

♦

콰앙-!

스펙터 왕의 몸이 휘청거린다.

왼쪽 주먹에 강렬한 손맛이 느껴진다.

펜릴이 피식 웃었다.

마체테나 활을 사용할 때 와는 전혀 다른 짜릿한 맛이 느껴진다.

-한번 더 찔러 넣어라.

"알고 있어!"

오른손으로 놈의 옷자락을 붙잡았으니 왼손으로 때릴 수밖에 없었다. 펜릴은 오른손잡이다. 아무래도 타격이 약할 수밖에 없었다. 왼손은 거리를 재기 위한 가벼운 터치에 불과하다. 펜릴은 어깨를 뒤로 쭈욱 당겼다가 오른손을 강하게 가슴을 향해 날렸다.

콰아아앙!

조금 더 큰 소리가 났다.

스펙터 왕이 몇 미터가 쭈욱 날아갔다.

펜릴 보다 덩치가 훨씬 큰 놈이 휘청이며 날아가자 드워프들의 눈이 놀라움으로 변했다.

펜릴은 지체할 것도 없이 날아간 스펙터의 왕을 향해 다시 몸을 날렸다.

그 순간, 왕의 두 눈이 번뜩이더니 레이저 빛이 쏟아졌다.

"이크!"

예상치 못한 공격에 펜릴이 몸을 숙이며 빠른 발놀림으로 그 빛을 피했다.

마법이 설사하니 눈에서까지 발현이 된다는 얘기는 처음 들어 봤다. 그걸 피한 건 그냥 본능, 그거 뿐이었다.

펜릴은 제법 만족한 표정을 지었다.

'생각보다 잘 되는 걸.'

방금 발의 움직임은 씨스톤이 가르쳐준 권술의 하나다.

권술이라고 주먹 사용하는 법만 배우는 건 아니다. 다리나, 허리, 가슴, 그리고 이마까지 신체의 모든 것이 바로 권술이다.

이런 상황에 완벽하게 펼쳐진다는 것은 그만큼 체화가 잘 이루어졌다는 얘기다.

-온 몸이 녀석은 마법을 발현할 수 있다.

“그걸 왜 지금 말해 줘?”

-나도 지금 알았다.

펜릴은 투정부리면서도 경계의 눈빛으로 스펙터를 쳐다봤다.

몸집은 다른 녀석들보다도 훨씬 큰데 하얀 몸에서 검은 눈덩이로 쳐다보고 있으니 어딘지 모르게 등골이 차가워졌다.

왕이 손짓을 했다. 그러자 강력한 바람의 칼날이 만들어져 펜릴을 덮쳤다.

펜릴도 맞서서 손을 휘둘렀다. 그러자 망령이 날아와 앞을 가렸다. 망령이 있는 이상 투사체 마법은 통하지 않는다.

싹둑!

바람의 칼날 중 몇 개는 천장으로 날아갔다.

종유석처럼 길게 뻗어 있던 돌조각이 펜릴의 머리 위로 떨어졌다.

이건 마법이 아니다. 머리에 맞으면 박살이 나버린다. 펜릴은 곧바로 몸을 굴렀다.

"크!"

그 자리가 스펙터의 왕이 먼저 기다리고 있었다. 양쪽손을 앞으로 뻗자, 거대한 화염 버스터가 만들어 진다. 펜릴은 이를 악물고 몸을 뒤로 날렸다. 뒤로 날리는 펜릴의 앞으로 공기가 거대하게 터져 나갔다. 이곳에 공기가 있는 이상 화염은 계속해서 생길 수밖에 없다.

콰앙! 콰앙! 콰앙!

펜릴은 손으로 마구 쳐내다 시피 마법을 막아냈다.

빠른 전환 속도에 망령이 제대로 따라오지 못했다. 망령이 막는 것도 한계가 있었다.

화염 버스터가 천장을 향했다.

망령이 스펙터의 왕을 물고 길게 늘어졌기 때문에 초점이 흐려진 거다.

'잘했다!'

망령이라는 녀석이 정령이 되고 나서 훨씬 나은 모습을 보이는 것 같다. 무조건 지키는 쪽이 아니라 지금 보다 더 나은 상황을 이해하는 듯한 기분이다.

도망만 치던 펜릴이 앞으로 달렸다.

스펙터의 왕이 급하게 하얀 장막을 쳤다.

"소용없어!"

쨍그랑!

배리어를 친다고 배리어가 모두 같은 균형을 유지하는 게 아니다. 카두치의 눈에는 배리어 중에서도 가장 약한 부분이 보인다. 그곳을 공략하면 역시나 한 번에 깨뜨릴 수 있다.

펜릴은 왼손으로 옷자락을 붙잡고 오른쪽 팔꿈치로 턱을 날려 버렸다.

주먹을 사용한다는 건, 근접해서 들어갔을 때 콤비네이션을 완성시켜야 한다. 그래야 단순한 타격감에서 벗어나 제법 타격을 줄 수 있다.

팔꿈치를 사용한다는 건 상대방을 죽이겠다는 뜻이다. 물론, 언데드기 때문에 고통 받지도 않을 거다. 물론, 쉽게 죽지도 않을 거고.

펜릴의 무자비한 공격에 스펙터의 왕이 넘어져 가슴을 몰아 쉬었다.

죽은 녀석이 마치 산 녀석 처럼 행동한다는 것이 웃길 뿐이다.

펜릴은 녀석의 목에서 목걸이를 빼앗아 들었다. 그리고 진주 부분을 녀석의 몸 가까이 댔다. 스펙터 왕의 크기가 조금씩 줄어들었다. 그리고 꼬리가 생기더니 그 꼬리부터 천천히 진주 안으로 들어갔다.

"가라."

망자에게는 결국 망자의 길이 있는 법이다.

죽음?

누구에게나 죽음은 억울하게 다가올 거다. 하지만, 탄생이 있으면 결국엔 죽음도 존재한다. 그 시기를 자신이 원하든 원하지 않던 간에 말이다.

펜릴은 죽음을 거부하기 위해 살아간다. 하지만, 거부를 하는 것과 이미 죽은 것은 다르다. 펜릴에게는 펜릴의 길이 있고 죽은 망자들에게는 망자들의 길이 존재하는 법이다.

언데드로 다시 태어나는 것 만큼은 이미 정해진 굴레를 벗어났다는 뜻.

'굴레를 벗어나려는 내가 할 말은 아닌가.'

펜릴은 목걸이를 손에 움켜쥐고 있더니 주머니에 넣었다.

"어떻게 됐나?"

드워프들이 눈을 동그랗게 뜨고 펜릴을 쳐다보았다.

대체 상황이 어떻게 돌아가는 지 잘 봐도 이해가 가지 않았다.

펜릴은 씨익 웃어 넘겼다.

"돌아가세요. 히로투스로."

◆

−왕의 혼을 흡수하면서 목걸이가 이제 제 역할을 할 거다. 넌 이제 신의 눈을 속일 수 있다.

씨스톤의 얘기를 듣고 펜릴은 그다지 기쁘지 않았다.

신의 눈을 속일 수 있다고 불사신이 되는 건 아니다. 결국 인간의 몸은 언젠가 늙어서 죽기 마련.

목걸이만 있어서는 효과를 볼 수 없다.

5가지 성물을 모두 모아야만 불사의 초가 완성되니 만큼, 펜릴은 다음 성물을 구하러 갈 필요가 있었다.

'이제 남은 건 3개.'

트론왕의 날개.

라트라여왕의 심장.

마지막으로 크라켄의 쓸개다.

각각 트론왕의 날개에는 항마력이, 라트라여왕의 심장에는 생명력이, 크라켄의 쓸개에는 잠식효과를 지울 수 있는 능력들이 존재한다.

트론왕은 위치를 알고 있다.

하지만, 라트라여왕이나 크라켄은 생각만하면 한숨만 나온다.

클리드와 라트라를 잡을 때만 하더라도 라트라는 사실 어느 곳에서 어떻게 갑자기 나타날 지 아무도 모른다. 그런데 그들의 여왕이다. 라트라여왕을 봤다는 사람을 본 적도 없다.

—크라켄은 바다에서 사는 생물이다. 나도 본 적이라고는 두 번 정도밖에 없다.

씨스톤이 이 얘기를 한다.

씨스톤은 바다에서 정말 최상위 포식자에 속한다.

그런데 300년 동안 봤다는 건 고작 두 번. 손에 꼽을 만한 기억이다.

—크라켄은 바다의 왕이라고 생각하면 된다.

문어다.

다리 8개 달린.

그런데, 이놈이 어마어마한 마수다.

엄청난 항마력을 가지고 있어 마법도 제대로 통하지 않고, 굉장히 몸이 질기기 때문에 검이나 화살, 창이 잘 박히지도 않는 데다가 바깥으로 잘 나오지도 않는다. 그래서 귀한 거다.

물론, 그만큼 어마어마한 효과를 가지고 있다.

잠식 효과를 지워 버린다.

링커들의 계약으로 오는 부작용을 없앨 수 있는 최대의 아이템이라고 볼 수 있다.

"강한가?"

—클리드가 나를 각인시켰던 이유는 바닷물에 닿았을 때

생기는 엄청난 재생력 때문이기도 하지만, 창이나 활, 혹은 주먹 같은 모든 물리 데미지를 거의 완벽하게 막아내기 때문이다. 하지만 그걸 뚫을 수 있다면 크라켄의 다리다.

"마법이란 소리야?"

-단순한 휘두르기다.

휘두르기라면 그냥 물리 데미지를 뜻한다.

그런데, 그 물리데미지를 뚫고 들어오는 타격?

씨스톤은 육지보다 바다에서 더 강력하다. 이미 바닷물에만 닿으면 엄청난 재생력을 가지고 있기 때문이다.

그런데 그 안에서 무적을 자랑하는 씨스톤이 꼬리를 말고 도망을 갈 정도라면 사실 말을 다했다고 봐도 된다.

라트라여왕이나 크라켄을 보기 힘들다면, 결국 남은 건 트론왕.

클리드는 트론의 날개를 얻고 하늘을 나는 능력과 항마력을 얻었다. 하지만, 이건 항마력 보다는 하늘을 나는 능력에 치중되있다고 볼 수 있다.

사실 두 가지의 능력을 보유한 마수는 두 개다 뛰어난 경우가 거의 없다. 씨스톤의 경우 결국 바닷물에 닿지 않는다면 재생을 할 수 없다는 조건부 능력이라 볼 수 있다.

물론, 닿기만 한다면 엄청난 능력을 보이지만.

트론의 날개는 생각해보면 조건부는 아니지만 두 개 다 애매한 위치를 가지고 있다.

항마력도 가지고 공중도 날 수 있지만, 한 가지만 가지고 있는 것 보다는 사실 능력이 덜 하다.

그래도 트론의 날개가 인기 있는 것은 그만큼 구하기가 어렵고 두 가지 능력을 가진 마수가 흔하지 않기 때문이다.

-그런면에 있어서 트론왕의 날개는 최고의 항마력과 최고의 공중전을 같이 할 수 있는 능력을 가진 거다. 게다가 그 날개는 바람 까지도 만들어 낼 수 있다. 단시간 이기는 하지만. 가죽이 질겨서 웬만한 창검이나 활은 흠집도 나지 않을 거다.

딱히 조건이 필요 없이 최고의 능력을 보유하고 있다.

트론왕은 게다가 서식지가 정해져있다.

대륙에 딱 한 곳 뿐이기는 하지만.

지금까지 트론왕이 잡힌 적이 있냐고 묻는다면 사실 잘 모르겠다. 트론들에게 왕이 있다는 걸 알아차린 것도 클리드의 연구자료를 보고난 뒤다. 그 전까지만 해도 트론이라는 것만 알았지 트론의 왕이 있다는 건 잘 몰랐다.

사실 관심도 없었다. 이미 트론 자체로도 충분히 좋은 마수인데, 왕까지.

사람들의 소문이 적다는 건 그만큼 트론왕을 보기가 쉽지 않고 개체수가 적다는 걸 의미한다.

펜릴은 생각의 정리를 끝냈다.

이러쿵저러쿵 떠들어봤자 결국에는 직접 가서 해결을 보는 것 말고는 딱히 방법은 없다. 발등에 불이 떨어졌을 때 보다 간절한 때는 없는 법이다.

일단은 트론의 왕부터 잡고 나서 나머지 것들을 생각해 보는 게 편할 것 같다.

'정했다.'

다음 행선지는 트론왕의 날개였다.

♦

데린구유가 한산해졌다.

이곳에서 1년 동안 자리를 잡고 살았던 드워프들은 아쉬움을 뒤로 하고 히로투스로 돌아갔다.

다른 건 몰라도 며칠 동안 같이 지냈던 막스와 떨어지는 건 사실 아쉬움으로 남았다.

인종이나 국적이 달라도 친구가 되는 경우야 많았지만, 종족을 넘어 친구가 되는 건 사실 보기가 쉽지 않잖은가.

적어도 막스는 친구라고 생각될 만한 녀석인 건 분명했다.

"고맙군."

"저야 말로."

도움을 받았던 건 펜릴이다.

처음에 스펙터의 왕에게 쫓겼을 때, 그를 도와준 건 막스였기 때문이다. 때마침 그곳을 지나가지 않았더라면 막스에게 도움을 받기 어려웠을 거다.

"선물이야."

막스는 펜릴에게 그 망토를 건네주었다.

"이건……."

모를 리가 있는가.

땅의 정령의 힘이 깃들어 있어 스펙터의 눈을 속일 수 있던 그 망토였다. 사실 펜릴이 여전히 사냥꾼을 계속하고 있었더라면 분명히 이 망토는 탐이 났을 거였다.

아니, 그렇지 않더라도 이 망토는 탐이 나는 물건이었다.

아무리 펜릴이 기척을 죽이고 똥을 바르고 무슨 짓을 하더라도 완벽하게 주변에 동화할 수 있는 게 아니었다. 그건 분명히 한계가 있는 거다. 그런데, 이 망토는 그런 한계를 완전히 깨부숴버렸다.

완벽한 동화. 그 자체다.

"하하핫! 히로투스에서는 필요한 물건이 아니라서 말이야."

딱히 욕심이 없는 종족이니 만큼.

펜릴은 그에게 많은 도움을 받았다. 해준 거라곤 스펙터

왕을 처리해준 것 뿐. 물론, 그의 도움과는 상관없이 어차피 목걸이 때문에 했어야 할 일이지만.

"어디로 가나?"

"대륙의 서쪽 끝에 있는 곳으로 갑니다."

드워프나 엘프들이야 한 곳에 정착해서 살지만, 인간들은 끝없이 방랑을 한다.

"잘 가게."

막스는 펜릴의 여정에 행운을 빌어줬다.

몬스터 링크

monster link

백색평야로 가는 길

NEO FANTASY STORY

백색평야로 가는 길

제국이 광활한들, 대륙 전체를 지배하고 있는 건 아니다.

제국에 굴복한 나라가 있는 가하면, 제국과 대항한 나라도 있고 힘을 모아 비슷한 세력을 키우려 시도한 나라들도 존재한다.

제국은 대륙을 지배하려 했고, 실제로 지금은 이미 대륙을 지배하고 있다고 봐도 무방할 만큼 거대한 영토와 힘을 유지하고 있다.

하지만 대륙 어딘가는 분명 제국의 자존심을 흠집 내는 국가들이 존재하고, 제국과의 전쟁에서도 꿋꿋이 살아남은 국가들은 여전히 있다. 언제라도 호시탐탐 노리고 있는 북방의 이민족들도 마찬가지고, 남쪽이나 동쪽, 서쪽까지 땅끝 모든 것이 제국의 것이 아닌 이상 야욕을 숨기지 않는 제국입장으로써는 모든 나라가 전부 침략을 받아봤다고 할 수 있다.

단,

한 곳만 빼고.

대륙에서도 서쪽에 존재하는 작은 나라.

벨로루시다.

사실 벨로루시는 사람들에게 잘 알려진 국가가 아니다.

벨로루시의 인근에 살고 있는 나라의 사람들조차도 정확히는 어떤 나라인지, 누가 살고 있는지 알고 있는 바가 없다.

사실 그렇다면 놀랍기만 하다.

작은 나라인데, 제국의 지배를 받고 있지 않다.

굴복하지 않으면 침략을 하는 제국이 그대로 내버려두고 있다는 얘기다.

지배해야 할 땅이 섬이라면, 바다 건너에 있다면 배를 만들어 쳐들어가고 낙타를 대량 교배하여 갑옷을 벗고 뜨거운 사막을 건너며 전염병을 물리쳐 가면서까지 숲을 건너서라도 어떻게든 그 나라를 지배하려 드는 제국이 포기한 유일한 나라라는 얘기다.

벨로루시가 지금까지 제국의 공격을 받지 않은 이유는 딱 하나.

제국과 벨로루시를 잇는 광활한 땅.

백색 평야 때문이다.

검은숲과는 정 반대로 온통 하얗기만 한 땅.

모래가 하얗고, 물이 고인 곳은 하늘이 바닥으로 떨어진 것이 아닌가 싶을 정도로 아름다운 곳이기도 하다.

사람들이 벨로루시는 몰라도 백색 평야는 모두 알고 있으니 얼마나 유명한 곳인 지 알 수 있다. 실제로 귀족들은 이곳으로 휴양을 떠나고 싶다고 말하기도 하지만, 이루어지지는 않는다.

이곳은 몬스터들이 사는 지독한 땅이기 때문이다.

단순히 몬스터들이 사는 땅이 아니다. 이곳은 트론이 살고 있다. 트론은 몬스터가 아니다. 마수다. 마수들 중에서도 최상위에 위치한 포식자다.

날개를 달고 있는 이 녀석은 육식이다. 인간, 토끼, 몬스터 가리지 않고 닥치는 대로 먹어 치운다.

항마력까지 있어서 마법사들의 공격이 제대로 통하지 않고 단체로 활동하며 가죽이 질겨 제대로 검이 통하지도 않는다. 멀리서 활을 쏜다 한들, 코웃음만 칠 것이고 근처에 다가오지를 않으니 초인에 이른 기사들의 검이 닿을리 만무.

검을 맞대고 싸울 때나 초인이지, 검과 떨어져 있으면 그냥 일반 기사와 다를 것도 없다.

트론도 결국 마수이기 때문에 자신의 땅에 침입한 인간들을 굉장히 싫어하는 데, 이 백색 평야에 들어온 자들은 모조리 괴롭힌다.

단순히 찢어 죽이거나 그런 것이 아니라 서서히 영악하게 죽여 버린다.

마수들을 부르거나, 혹은 백색 평야를 사막화로 만들어 버린 다거나.

놈들이 울기 시작하면 이상하게 백색 평야는 환경이 변하기 시작한다.

제 집의 가구를 재배치 하듯 심심할 때면, 기분이 날 때면 환경을 바꿔버리니 인간들은 적응하기가 일단 힘들다.

그리고 이곳을 지나 벨로루시로 가려면 적어도 열흘 이상을 걸어야 하는데, 그때 엄청난 공격을 받는다.

제국이라고 한 들 벨로루시를 공격 안 해본 건 아니다.

하지만, 벨로루시의 성벽을 보기도 전에 모두다 후퇴를 해버린 게 문제지.

마수들은 인간들 처럼 큰 욕심이 없어 영역을 넓히려 들지 않는다.

벨로루시로써는 타국의 공격을 받지 않는 천혜의 요새가 있는 셈이다.

그렇다 보니 타국과 교류가 잦지 않다.

나라가 작고, 교류가 없어서 그렇게 문명적으로 발달했다고 할 수는 없고 알려진 바가 없는 이유가 바로 그런 관점에서다.

펜릴의 이번 목적지는 그 벨로루시다. 물론, 그 벨로루시라는 나라가 최종 목적지는 아니고 그 나라의 요새, 백색 평야라고 할 수 있다.

트론이라는 마수는 오직 그곳에서만 서식하고 있는 건 아니다. 대륙 구석구석을 뒤져 본다면 트론이 사는 땅이 몇 군데 있기는 하고, 물론 소수이기는 하지만 가끔 어딘가에서 눈에 띄는 녀석들도 존재한다. 물론, 그런 녀석들은 링커들에게 바로 잡히기 일쑤지만.

하지만, 백색 평야에는 트론뿐만 아니라 그들을 다스리는 왕이 살고 있다.

펜릴에게 필요한 건 트론들이 아니라 왕이다. 왕의 날개가 필요하다.

찰칵!

펜릴은 멜프레에게 언젠가 받았던 나침반을 주머니에 넣었다.

어차피 벨로루시는 대륙 서쪽에 길게 걸쳐져 있는 국가이기 때문에 서쪽으로만 향한다면 백색 평야에 다다를 수 있다.

펜릴은 어느날은 뛰기도 하고, 어느날은 걷기도 하고 어느날은 쉬기도 했다.

펜릴은 데린구유에 들어가기 전과 들어갔다 나온 후가 완전히 달라졌다.

그 몸에 적응할 시간과 필요성을 절실하게 느끼고 있었다.

왼쪽 눈에 카두치가 생겼고 다리는 팬텀 라지아.

게다가 꾸준히 정령이 된 망령을 사용하려면 적응력과 집중력을 키울 필요도 있었다.

그리고 매일 같이 두 시간씩 권술을 배우고 있는 것은 당연한 일과 중 하나였다.

팬텀 라지아를 사용한다면 한 달을 넘게 걸어야 할 거리를 며칠 만에 주파할 수도 있겠지만, 그건 피했다. 각성한 채로 몇 시간씩 있는다는 것은 실제로 미친 행동에 불과했다.

링커들은 아주 중요한 순간에 각성을 하지, 링커라고 각성한 시간이 일상 생활보다 긴 게 아니었다. 실제로 생각하면 전투는 길지 않다. 아주 적은 시간만에 끝이 난다. 그런 적은 시간만 각성을 하는 데도 링커들은 잠식을 걱정한다. 그만큼 아주 적은 시간이라도 몸에는 굉장히 치명적이라는 소리다.

서쪽으로 향한 지 딱 2주째.

펜릴은 작은 도시에 들어가려다가 잠시 발걸음을 멈춰 섰다.

'불시검문?'

도시 안에서도 아니고, 도시에 아직 들어서지도 않았는데 길목을 가로 막고 검문을 한다. 가방 안을 뒤지고, 얼굴을 살펴보는 등 경비병과 기사들이 냉정한 표정으로 사람들을 바라본다.

흔한 일이 아니다.

어차피 도시 안에 들어가려면 약소하지만 검문은 한다.

물론, 제대로 하는 도시라고는 해봤자 제국의 수도 정도랄까?

이렇게 작은 도시는 대부분 설렁설렁 하는 게 대부분이다.

그것도 돈 몇 푼 찔러주면 검문도 없이 들어가기도 하고.

하지만, 지금 분위기를 보아하니 그러면 당장 잡혀들어갈 것 같다.

'뭐, 잘못 한 게 없다면 상관없지 않나?'

펜릴은 머쓱한 표정을 지었다.

사람이라는 존재가 참.

괜히 경비병이나 검문을 하는 기사들을 보면 찔리는 게 없어도 제 발 저리는 모양이다.

곰곰이 생각해보니 제 발 저리는 행동을 근래에 한 경험은…….

–네놈의 얼굴이다.

"……."

펜릴은 입을 쏙 다물었다.

씨스톤의 말에 뭔가 대응을 하고 싶지만, 인정할 수밖에 없는 것이 자신과 똑 닮은 몽타주를 가지고 한 명 한 명 대보고 있었다.

–강간에 귀족 살인, 사기까지. 네놈의 죄목이 이렇게나 깊은 줄 몰랐군.

"……."

그러고 보니 최근에 기사를 죽인 적이 있었다. 그런데 사기?

"아!"

기사는 귀족이 아니다. 평민과 귀족의 사이쯤.

그런데 귀족 살인이라니.

사기도 좀 그렇다. 펜릴이 뭔가 알아내려고 손을 잡은 것 뿐이다. 그리고 그쪽도 펜릴도 서로 원하는 것을 얻어내려고 했던 것뿐이다.

'거기다 강간까지?'

펜릴은 강간을 한 기억이 없었다.

이런 짓을 할 사람이라고는 딱히 떠오르는 사람이 없다

가도 하나 생긴다.

황제의 측근.

오르도 자작뿐이다.

불사의 초 때문이라고 얘기를 꺼낼 수 없으니 펜릴의 몽타주를 보내고 여기 저기 그럴싸한 이유를 붙여 수색하고 있는 거다.

그들은 펜릴을 보지 못했다.

흔적만 봤을 뿐이다.

그런데 펜릴을 쫓는 이유는 간단하다.

그날 이후로 펜릴이 자취를 감추었기 때문이다.

어떤 이유가 됐든지 간에 펜릴은 그날 모습을 감추었다. 펜릴이 아니라고 잡아 땐다고 해도 그들은 이미 펜릴을 데려다가 조사를 할 모양이다.

졸지에 제국에서 쫓는 범죄자 신분이 된 마당이니 조금 머리가 복잡해진다.

펜릴은 고개만 살짝 내밀다가 줄을 슬그머니 빠져나왔다.

후드를 깊게 눌러쓰고 발걸음을 뒤로 하려는 찰나.

"어이!"

뒤에서 누군가 부른다.

펜릴은 인상을 찡그렸다.

몽타주를 가지고 쫓는 데, 펜릴 스스로가 봐도 자기가

맞다고 할 정도로 얼굴이 비슷하게 생겼다. 누구나 한 번 씩 대조를 해보고 의심해볼 만한 상황이다.

괜한 의심을 받을 바에는 차라리 줄에서 나와 조금 돌아가더라도 서쪽 땅으로 향하는 방법을 취할 수밖에 없다.

그런데 문제는 지금 이 자리에 많은 사람이 모인 것이 아니라는 거다. 워낙 작은 도시이다 보니 이 도시로 들어가려는 사람이 그렇게 많은 것도 아니고 줄이 워낙 적다 보니 펜릴이 슬그머니 빠진 것이 보인 모양이다.

게다가 후드까지 뒤집어쓰고 있으니 의심스러운 상황에 닥친 것은 사실.

"왜요?"

펜릴이 얼굴을 돌리지도 않고 묻는다.

"얼굴을 보여 봐라."

당연한 수순이다.

"다쳐서 보이기 싫습니다만."

"관심없다. 난 얼굴만 확인하면 된다. 보이기 싫다면 조사를 받아야 할 거다."

어차피 조사 받는 과정에서 얼굴이 드러난다.

펜릴은 우뚝 서서 가만히 있었다.

그러자 그를 지켜보던 기사가 허리춤으로 손이 움직인다.

펜릴도 손을 움직이더니 서서히 후드를 내렸다.

기사는 저벅저벅 움직이더니 펜릴의 앞에 섰다.

"얼굴을 들어봐라."

펜릴의 얼굴이 제법 때가 많이 탔다. 여기저기 먼지 때문에 냄새도 난다.

당연하다. 펜릴은 며칠 간 걷고 뛰기만 했다. 제대로 씻지도 못했다. 그런데도 불구하고 몸에 좋은 냄새가 난다는 것은 불가능한 일이다.

기사는 이런 일이 자주 있었다는 듯 표정에 어떤 변화도 없다.

그러다 펜릴의 얼굴을 확인하고는 깜짝 놀란다.

"커흠."

그가 놀란 이유는 펜릴의 눈 때문이다. 왼쪽 눈이 기묘하다 싶을 정도로 이상하다.

펜릴은 그 순간에 빠르게 카두치의 눈을 각성시켰다. 카두치의 눈은 인간의 눈이 아니다. 겉으로 봐도 그렇다. 마치 툭 튀어나올 것처럼 보이는 눈이 이상하게 짝이 없다.

"전쟁으로 눈을 잃어서……."

전쟁은 이곳 저곳 어디에서도 많이 일어난다.

전쟁으로 신체 어딘가를 잃는 것은 자주 있는 일이다. 물론, 눈을 잃은 자가 인간의 눈이 아닌 다른 신체의 눈을 달고 다니는 것은 사실 보기 힘든 일이지만.

"보기 흉해서 가리고 있습니다."

인간의 눈이 아니니 카두치의 눈은 정말 어딘가 모르게 흉한 모습인 건 어쩔 수 없다.

크기가 조금 다르기도 했으니까, 인간과는.

후드를 눌러 쓰고 다닐 만도 하다. 다른 사람에게 신경을 쓰이거나 관심을 받는 일이 싫을 수도 있고. 좋은 일도 아니고 이런 일로 관심을 받는 걸 반기는 사람은 없을 거다.

기사는 헛기침을 했다.

"음. 뭐, 사람 잘못 봤군. 다음."

눈의 이펙트도 강했지만, 턱에 기른 수염도 그렇다.

며칠간 제대로 씻지 못해서 수염이 길게 자란 거다. 말끔해 보이는 몽타주와는 다른 얼굴이 완성되었다.

펜릴은 검문을 다행히 넘어갔지만, 도시 안으로 들어가진 않았다. 오히려 안전해 보이는 길로 돌아서 갔다. 괜히 도시 안에서 이런 식으로 불시 검문을 받으면 굉장히 곤란스러울 것만 같아서다.

계속 눈을 각성시키고 있을 수도 없으니 말이다.

'젠장, 이래나 저래나 곤란하네.'

아직 제국을 벗어나기 위해서는 한 참 길을 더 걸어야 한다.

앞으로의 생활을 위해서도 펜릴은 대책이 필요한 순간이었다.

♦

펜릴은 줄 하나를 꺼냈다. 나무와 나무 사이에 연결을 하고 그 위에 잎이 큰 풀들을 덮어 올리고, 지지대로 세울 나뭇가지를 고정시키니 그럴 듯한 집이 완성 되었다.

그리고 곧바로 불을 피웠다.

하늘을 잠시 쳐다보던 펜릴은 가방에서 이것저것 옷들을 꺼내어 옆에 있던 냇가에 옷을 담갔다 빼냈다. 그리고 나뭇가지들 위에 아무렇게나 올려놨다.

계획이 살짝 틀어졌다.

오늘 안에는 도시로 들어가서 휴식도 취하고, 옷도 새로 구입하고, 하고 싶었던 일들이 많아졌다.

고개를 살짝 돌리니 작은 성벽이 나뭇가지 틈 사이로 작게 보인다.

"에휴."

한숨만 나온다.

아무리 열심히 꾸민다고 한들, 사람이 만들어 놓은 집만 못하다. 야영이란 게 결국 그렇다. 말이 야영이지 그냥 바람이나 비만 피하면 됐다는 생각으로 만든 휴식처다.

게다가 이 주변에 뭐가 있을지 모르니 신경까지 써야한다.

억지로 도시로 들어가려면 들어갈 수 있지만 굳이 위험부담을 안고 안에 들어갈 생각은 없다.

오르도 자작이 쫓는다면, 황제가 쫓는 거고 결국 그 얘기는 제국이 펜릴을 쫓고 있다는 얘기다.

이 도시에서 벗어난다고 제국의 추적을 평생 피할 수 있을 거라고 생각하면 안 된다.

가장 중요한 건 발각되지 않는다는 것. 추적의 여지를 주면 안 된다.

타닥, 타닥-

불속에서 노릇노릇하게 익어가는 토끼를 꺼낸 펜릴은 입으로 쩝쩝 거리는 소리가 들릴 정도로 크게 씹었다.

♦

잠은 빠르게 취했고, 일어나는 시간도 그만큼 빨랐다.

아무리 준비를 한다고 해도 새벽녘은 춥기 그지없다. 특히 옷을 전부 빨았기 때문에 덮고 잘 것도 없었다.

"후아암!"

잠을 꽤나 오래 잔 느낌이다. 그런데도 피곤하다. 당연하다. 펜릴은 최근 계속 여정을 해왔다. 피로가 몸에 누적되어 있는 건 당연했다. 이쯤 돼서 도시에서 쉬어주어야 할 타이밍에 도시로 들어가지 못했으니, 피곤은 쌓일 수밖에 없다.

펜릴은 자신이 잤던 자리를 정리했다.

평소라면 뒷정리를 말끔하게 했을 텐데, 오늘은 그러지 않았다.

제국의 추적을 받는 입장이 되었다고 한들, 이런 장소만으로 펜릴이 이곳에 머물렀다는 사실을 알 만한 사람은 전혀 없다. 실제로 늦은 시간에 도시에 들어가지 못한 사람들은 이 근처에 야영을 하는 자들은 누구나 있을 테니까.

펜릴은 어제 걸어두었던 옷을 살폈다.

"괜찮네."

불이 옆에 있었으니 제법 말랐다. 가방 안에 쑤셔서 집어넣고 등에 맸다.

펜릴은 허리를 피다가 몸을 움찔했다.

"으……."

쑤셔라.

펜릴은 잠시 멈추었다가 허리를 완전히 폈다. 우두둑 거리는 소리와 함께 허리가 뒤늦게 펴진다.

–인간의 몸은 정말 불편하군.

"거북이인 너만 하겠냐."

–…….

딱히 할말이 없는지 씨스톤이 입을 다문다.

펜릴은 가방 안에서 삽을 하나 꺼내기 시작하더니 갑자기 땅을 파기 시작했다.

씨스톤이 입을 열었다.

–누군가 있다, 주변에.

"나도 알아."

주변의 흙을 끌어 모으고 파둔 구멍에 불을 피운 흔적을 완전히 집어넣고 덮어 버린다. 그리고 풀로 가리고 나무와 나무를 묶어두었던 줄은 완전히 사린 뒤에 가방 안에 집어넣는다.

주변에 누군가 없었다면 이런 행동을 하지 않았을 거다.

방금 전 까지만 해도 대충 정리를 하고 이 자리를 뜰 생각까지 했었으니까.

–1명이 아니다.

"거리는?"

–동쪽인데, 자세히 모른다.

펜릴은 망령을 소환시켰다. 그리고 하늘로 띄운 후에 거리와 위치, 사람 숫자를 정확하게 세었다.

망령의 눈!

나이는 펜릴 보다 몇 살 어려보이는 여자다. 그 여자가 쫓기고 있다. 그 뒤로 수십 명의 남자들이 쫓아온다. 갑옷을 입고 있는 것을 보니 기사다.

'하나, 둘, 셋, 넷…….'

숫자를 세던 펜릴은 20에서 세는 걸 멈췄다.

기사 스무명.

그리고 도망가는 여자 하나.

그 여자가 마음에 든다고 쫓는 남자는 아닐 테니, 급박한 상황임에는 분명하다.

-이쪽으로 오고 있다.

정리를 해두기를 잘했다.

-어떻게 할 거냐?

"관심없어. 그냥 지나가기를 바라야지. 어차피 내 일도 아니고."

매정하다고 생각할 지도 모르지만, 펜릴은 이미 제국에 쫓기는 신세가 되었다. 아는 사이라면 몰라도 알지도 못하는 사이를 위해 펜릴은 목숨을 걸지 않는다.

펜릴은 망령을 거두어들이고 적당한 나무를 골라 몸을 숨겼다.

흔적은 지웠다.

이 근처를 저 여자와 기사들이 지나가게 될 거고, 펜릴은 조금 있다가 출발하면 될 일이다.

잠시 후, 여자가 나타났다. 그리고 그 뒤로 그녀를 쫓는 스무명의 기사들.

펜릴은 고개를 살짝 내밀고 여자를 쳐다봤다.

정말 예쁘게 생겼다?라고 생각하지는 못하겠지만, 귀엽게 생긴 소녀다. 나이는 몇 살 어려보이기는 하니까 18살 정도 된 것 같다.

소녀도 아니고 그렇다고 성인이라고 하기에도 그런 애매한 얼굴이다.

펜릴은 그녀를 힐끔 쳐다보다가 고개를 다시 제 자리로 옮겨왔다.

손을 들어 올리며 코밑을 훑었다. 어딘지 모르게 코끝이 가렵다.

이상한 느낌이다.

뭐가?

스스로 질문을 해보니 그녀의 주변에서 나는 냄새 때문이다.

그녀는 먼지를 뒤집어썼다. 이 새벽녘에 땀내를 풀풀 풍기고 있으니 얼마나 도망을 다녔을 지 짐작이 간다. 게다가 옷 군데군데는 찢어지고 상처나 피를 흘리는 곳은 많다. 저 몸으로 더 이상 도망가는 건 무리일 거다.

그런데 그녀의 몸에서 익숙한 냄새가 풍긴다.

'어디서 맡아봤더라.'

그녀는 목숨이든 상황이든 경각에 달했는데, 펜릴은 그것보다도 그녀의 몸에서 풍기는 냄새에 더 집중되었다.

쿠웅!

그녀가 근처에서 넘어진 모양이다.

펜릴은 고개를 살짝 내밀었다.

'아차!'

재수가 없어도 한 참 없다.

그녀의 눈과 펜릴의 눈이 부딪혔다.

그녀의 생각이나 눈에는 분명히 펜릴이 이 상황을 피해 몸을 숨긴 것으로 비춰질 거다. 물론, 그걸 부정하고 싶은 생각은 없다. 귀찮은 일이기도 하고 그만큼 위험한 일이기도 하니까.

그녀가 생각이 있더라면 모른채를 하고 지나갈 거다. 사실 누군가 이곳에 나타난다는 사실을 알고 있었고, 도울 마음이 있었다면 나무 뒤에 숨어 있진 않을 테니까.

누구나 오늘 처음 본 사람을 위해 목숨을 걸지는 않는다.

아니, 평생을 알고 지낸 친구 혹은 아는 사이라고 해도 목숨을 걸만한 가치가 있냐고 물어본다면 그건, 사람에 따라 다르다.

구할 가치가 있는 가, 혹은 내 목숨을 걸 만한 가치가 있는 가.

적어도 펜릴은 저 여인을 위해 가치든, 목숨이든 어떤 것이든 생각할 것 없이 당연히 자신의 목숨이 가장 소중했다.

기사 스무명?

물론, 펜릴 선에서 정리할 수도 있다.

하지만 저 기사들의 수준은 아직 제대로 알지도 못한다.

만약 초인이라도 껴있다면?

굉장히 곤란해질 거다.

아니라고 해도 스무 명 중 누군가는 살아서 도망갈 수도 있다.

그녀는 도와달라는 얘기를 펜릴에게 꺼내지 않았다.

이건, 펜릴에게 정말 다행이었다.

물론 도와달라고 한다면 당장 도망이라도 갈 생각이었지만.

하지만, 그녀의 입에서는 전혀 엉뚱한 소리가 튀어 나왔다.

"펜릴?"

"……."

◆

순식간에 머리가 하얗게 변한다.

그러다가 복잡해졌다.

"어, 어떻게?"

처음 본 얼굴이다.

그런데 그녀는 펜릴을 마치 알고 있는 듯한 말투다. 아니, 이름을 알고 있다니.

"잡아라!"

넘어졌던 그녀가 재빠르게 일어났다. 뒤에서 기사들이 쫓고 있었기 때문이다. 그녀는 펜릴을 향해 다가왔다.

"빌어먹을."

도망갈 타이밍은 이제 끝났다.

그녀는 펜릴에게 다가왔고, 기사들은 그녀와 펜릴이 같이 있는 걸 보았다.

펜릴은 그것보다도 어떻게 그녀가 자신을 알고 있는 지가 더 중요하고 궁금했다.

하지만, 상황은 펜릴에게 지금 당장 그 호기심을 해결할 수 있는 시간을 허락하지 않았다.

"노, 놈의 얼굴을 알고 있다."

기사는 갑자기 당황하더니 품에서 현상금 포스터를 몇 장 꺼내더니 펜릴의 얼굴과 포스터를 유심히 대조했다.

'늦었다.'

어제만 해도 펜릴은 카두치의 눈을 각성시켰던 것 때문에 넘어갈 수 있었다. 하지만, 지금의 얼굴은 그저 수염만 기른 꼴이다.

바보가 아닌 이상에야 속아 넘어갈 수가 없을 거다.

"펜릴!"

기사가 이름을 꺼냈다.

기사들의 눈에서 경계가 서렸다.

"황실에서 직접 공표한 놈이다! 놈과 직접 싸우려 들지 말고 곧바로 지원군을 요청하여 함께 잡으라 일렀다."

상황이 묘하게 흘러간다.

기사들은 당장이라도 달려들 것처럼 굴더니 상체를 반쯤 뒤로 뺀다.

그러더니 맨 뒤에 있던 기사 하나가 전력질주로 뒤로 도망갔다.

'기사가 도망을 가?'

펜릴의 얼굴에 당혹감이 물들었다.

아니, 저건 도망이 아니다.

펜릴이 링커라는 사실을 알고 있기 때문에 직접 싸워서 피해를 보지 말고 지원군을 요청하여 서서히 포위망을 만들어가라는 얘기다.

그렇다면 저 기사는.

지금 보고를 하러 간다는 얘기다.

다름 아닌, 황실에.

펜릴은 가방을 내려놨다. 그리고 등에서 복합궁을 꺼냈다.

당장 화살 통에서 화살을 두어 발 꺼내어 바닥에 내려놓고 시위를 강하게 당겼다.

팽팽하던 시위가 도망가는 기사의 등을 향해 날아갔다.

거리가 제법 벌어졌다.

쉬이이익-

공기를 가르는 소리와 함께 기사가 앞으로 고꾸라진다.

"으아아악!"

화살이 관통했다.

갑옷을 뚫는 엄청난 파괴력이다.

"놈을 막아라!"

더 이상 경계를 하지 않겠다는 듯, 기사들이 펜릴을 향해 모조리 달려들었다.

펜릴은 활을 옆에 내던지고 다리와 팔을 각성 시켰다.

콰아앙!

19명이나 되는 기사와 고작 한 명인 펜릴이 가운데서 부딪혔다. 그런데 비명소리는 엉뚱한 곳에서 나왔다.

"으악!"

"으으으윽!"

펜릴은 어깨를 앞으로 내뻗으며 주먹을 휘둘렀다.

칼과 부딪힌 주먹은 아무렇지도 않은데, 칼은 부러지고 기사가 뒤로 날아간다.

'이렇게 된 거.'

방법은 하나뿐이다.

모조리 죽여 버려서 살인멸구를 하는 수밖에.

펜릴은 카두치의 눈을 제외하고는 자신이 할 수 있는 모든 것들을 했다.

권술을 사용하며 기사들을 단숨에 박살냈다.

죽지 않은 자가 있다면 가서 확인사살까지 했다.

한 명이라도, 단 한 명이라도 살아서 이곳을 나간다면 황실에 보고가 될 거다.

기사들의 입장에서 펜릴은 활활 타오르는 전투의 화신과도 같았다.

지치지 않는 체력과 끊임없이 솟구치는 붉은 열매의 에너지.

그리고 어떤 공격을 해도 죄다 막아버리는 씨스톤의 팔까지.

"가, 감히 황제 폐하의 기사들인 우리를……."

펜릴은 마체테를 꺼내 그들의 목을 베어버렸다.

황제든 뭐든 솔직히 알 바가 아니다.

중요한 건, 그에게 추적의 꼬리를 헌납해버린다는 것!

황제는 불사를 원한다. 방해되는 것은 모조리 갈아 치워버릴 거다. 펜릴은 분명히 저번에 저택에서 있었던 일로 황제의 머릿속에 각인이 되었을 거다.

펜릴은 숫자를 하나하나 세어가며 시체를 확인했다.

이상한 일에 휘말리고 꼬였다.

-하나가 빈다.

"알아."

펜릴은 조금 멀찌감치 떨어진 곳으로 달려 갔다.

처음에 화살을 맞았던 그 기사다.

"……."

핏자국이 그득그득하다.

다만, 시체는 없었다.

◆

펜릴은 물속에서 뭍으로 걸어 나왔다.

기사 열아홉을 상대하는 데 제법 시간이 걸렸다.

아무래도 사람을 상대하는 실전은 몬스터나 마수들 때려잡는 거와는 차원이 다르다. 사람은 지능이 뛰어나고 힘이 약하면 합칠 줄 안다. 열 아홉명의 기사들은 아주 영악하다.

몇 번 상대해보고 안 되니 뿔뿔이 흩어진다. 누구라도 살아남아서 보고라도 할 참이다. 어떻게든 열아홉을 모두 잡고 나니 하나가 빈다.

처음 복합궁에 관통당한 그 기사.

정말 지독한 게, 그 불편한 몸으로 갑옷은 벗어 던지고 냇가로 뛰어 들었다.

아무래도 갑옷이 있으면 몸이 무거워 몸이 떠오르지 못한다. 물살이 강한 편이 아니기 때문에 올라갔을 수도 있고, 내려갔을 수도 있다. 결국 피의 냄새는 지워지고 그 흔적도 완벽히 물살에 사라진다.

'실수다.'

제일 먼저 놈의 생사를 확인했어야 한다.

화살에 맞았다고 도망 가지 못할 거라 생각한 자신의 탓이다.

"물살을 타고 내려간 것 같다."

부상을 당했으니 아무리 강이 빠르지 않다고 해도 위로 거슬러 올라가진 않았을 거다. 안전하게 물살을 타고 밑으로 내려와 뭍으로 올라간 뒤, 성에 들어가 보고를 했을 가능성이 크다. 그 몸으로 멀리 움직이지 못했을 것 같지만 이곳과 성은 그렇게 거리가 먼 것이 아니다. 아무리 작은 도시라고 해도 기사들과 병사들은 존재하고, 통신시설도 마련되어 있을 테니 황실에 보고가 되는 건 빠른 시간이다.

상대는 기사다. 초인에 이르지 못했다고 하더라도, 기사들이라는 족속들은 마나연공법을 죄다 익히고 있기 때문에 아무래도 일반인들 보다는 생명력도 질기고 체력도 좋다.

그렇게 살아 나갈 줄은 상상도 못했다.

펜릴은 하류까지 내려와 수색을 하고 이른 시간에 포기했다.

그리고 곧바로 원래 있던 곳으로 돌아와 옷을 벗어 던지고 어젯밤 말려 놓은 옷을 입었다. 가방은 강에 던졌다.

어차피 생존에 필요한 물건들은 마체테나 활로 충분하다.

옷은 한 벌만 있어도 된다.

무게를 줄이는 편이 좋다.

그런 펜릴을 멀뚱멀뚱 쳐다보는 하나의 시선.

그 여자다.

펜릴은 그 여인을 보고 잠시 인상을 찡그렸다가 팔목을 붙잡았다.

"따라와요."

"자, 잠깐만요."

추적을 계속 당했던 사람이다.

눈 밑은 검한 것이 다크써클이 생겼고 얼굴을 보면 누렇게 떠있다. 제대로 씻지도 먹지도 못한 것이 분명하다. 게다가 상처까지 생겼다. 악바리로 뛰기는 했으나 쫓는 기사들이 사라지니 긴장이 풀린 모양이다.

펜릴은 뒷짐을 쥔 채 고개를 살짝 뒤로 돌렸다. 그리고 다리를 반쯤 밑으로 내렸다.

"업혀요."

"……."

우물쭈물한 태도에 펜릴이 인상을 찡그렸다.

펜릴은 그러다가 답답한 표정으로 그녀를 향해 말했다.

"당신이 날 어떻게 알고 있는 줄은 모르겠지만, 마음 바뀌기 전에 업혀요. 기사 한 명이 살아남았기 때문에 당신이나 저나 계속 추적을 허용할 수밖에 없어요. 지금 당장 눈앞에 보이지 않는다고 없어진 것도 아니고요. 게다가 전 당신 때문에 젠장 맞을 정도로 제 계획도 그렇고 더럽게 꼬여버렸어요."

"미안해요."

미안하다는 말 한마디로 해결될 일은 아니다. 하지만, 그녀가 그렇다고 무언가 펜릴에게 그에 준하는 보상을 해 줄 사람도 아니지 않은가.

"마음속으로는 당장 당신을 이곳에 버려두고 가고 싶지만, 당신이 날 어떻게 알고 있는 줄도 모르겠고 일단 그 이야기를 들을 필요도 있을 거고요. 당신이 어떤 사람인지 알 필요도 있을 것 같아요. 그러니까, 어서 업혀요."

그녀는 결국 펜릴의 등에 몸을 맡겼다.

정말 새털이 이런거구나 라고 느껴질 정도로 가벼운 무게.

"꽉 잡아요."

목을 양팔로 꽉 잡는 게 느껴진다.

"다리는 허리요. 그 밑으로만 내려가지 말아주세요."

"네."

귓가에 그녀의 말이 들린다.

간지러움이 있기는 했지만 펜릴은 참고 다리를 각성 시켰다.

키가 살짝 커졌다.

그런데 그녀는 딱히 놀란 표정이나 그런 건 아니었다.

누구나 팬텀 라지아를 비롯해서 몬스터가 각인 된 것을 본다면 놀랄 텐데.

-네가 싸우는 모습을 봤을 거다. 그런데 놀랄 이유가 있나?

'그런가?'

펜릴은 그녀를 업고 전방으로 달려 나가기 시작했다.

붉은 열매의 에너지.

그리고 팬텀 라지아의 끝없는 체력.

엄청난 속도로 풍경이 휙휙 지나간다.

펜릴은 이 속도가 적응이 되었지만, 뒤에 매달린 사람은 눈도 제대로 뜨기 힘들 거다.

펜릴은 순식간에 쭉쭉 나아갔다.

◆

펜릴은 입을 열지 않았다. 그건 그녀도 마찬가지였다.

말이라는 건 결국 엄청난 체력을 소모시킨다. 그리고 집중력도 떨어뜨린다. 펜릴은 체력을 위해 입을 다물었고, 그녀는 속도가 워낙 빨라서 입을 제대로 떼지도 못했다.

그녀를 업고 달리다가 지치면 쉬고, 체력을 어느 정도 회복했다 싶으면 다시 업고 달렸다. 아무래도 사람들이 다니지 않는 길을 통해 다녀야 했으니 시간도 조금 지체되었다.

털썩!

펜릴은 마체테로 수풀을 잘라 내다가 마침 앞을 지나가던 사슴을 찔러 죽였다.

"쉬죠."

몇 시간 만에 나온 펜릴의 말은 그게 처음이었다.

그녀도 지친기색으로 고개를 끄덕였다.

"제법 깊은 산이에요. 거리가 꽤나 멀어졌으니 우리가 여기있다는 건 상상도 못할 거예요."

펜릴은 그 말을 하고 곧바로 불을 피웠다. 그리고 수통을 꺼내 그녀에게 던졌다.

그녀는 갈증을 심하게 느꼈는지 꿀꺽꿀꺽 잘도 넘겼다.

한 방울도 남기지 않고 모두 넘긴 그녀는 뚜껑을 닫고 펜릴에게 넘겼다.

펜릴은 옆에 내려놓고는 마체테를 들어 올렸다. 단숨에 사슴의 목과 몸을 분리시키니, 그녀가 인상을 살짝 찡그리더니 고개를 옆으로 돌린다.

가늘게 떠는 것을 보니 제법 무서운 듯 하다.

펜릴은 주위를 두리번두리번 거리더니 익숙한 풀 몇 개

를 뽑아서는 그녀 앞에 툭 던졌다.

"사냥꾼출신이에요. 뭐 눈대중으로 배운 거긴 하지만, 그걸 상처에 대고 있으면 조금 아프긴 해도 낫는 건 더 빠를 겁니다."

"고마워요.

펜릴은 피식 웃더니 사슴을 해체하고 곧바로 고기를 구웠다.

가방을 버리고 왔는데 안에 있던 소금이 조금 그리워진다.

"냄새가 심하긴 할 텐데, 그냥 먹어요."

다리 하나를 건네고 펜릴은 고기를 먹기 시작했다.

처음에 눈치를 보던 그녀가 입에 대고는 고기를 모두 먹어치우기 시작했다.

펜릴이야 야영을 해도 잘 먹고 다녔지만, 그녀는 굶은 것이 티가 난다.

펜릴은 입에 대고 있던 것만 먹고는 그냥 그녀가 먹고 있는 것을 유심히 바라보았다. 그녀는 잠시 펜릴의 시선을 느꼈는지 몸을 가늘게 떨고는 다리를 옆으로 살짝 틀었다.

펜릴은 그냥 아무런 말도 하지 않았다.

솔직히 그녀 때문에 이 방향 저 방향으로 꼬인 것은 맞다.

목숨에 위협을 받을 추적을 허용한 것도 맞다.

물론, 언젠가는 일어날 일이었지만 벌써부터 이런 일이 생길 줄은 몰랐다.

모든 것은 그녀 탓이긴 하다. 당장 속에 열불이 나서 당장 목이라도 치고 싶은 마음이 샘솟았지만, 펜릴은 일단 참기로 했다.

저 여자가 입을 꾹 다물고 노코멘트를 하고 있는 다면 펜릴은 궁금증을 풀지 못한다.

게다가 시간이 조금 지나자 마음이 진정되기도 했다. 어차피 벌써 일어난 일이니 만큼 다음 일을 준비하는 것이 더욱 현명하다는 것을 알고 있기 때문이다.

과거, 펜릴이 영감에게 길러져 사냥꾼으로 교육을 받을 때 있었던 일이다. 개를 키운 건 아니었지만, 영감은 개와 친해지는 방법에 대해서 가르쳐준 적이 있었다.

아무래도 사냥꾼들은 전문적으로 개를 키워서 가르치는 경우가 많았다. 개가 있다면 아무래도 사냥이 쉽고 편리하기 때문이다.

개와 친해지고 싶다면 간단하다.

그냥 같은 공간에서 계속 쳐다보라는 거다. 일정 거리를 벌리고. 그러면 알아서 경계심을 풀고 다가올 거다라는 얘기다.

사람도 마찬가지다. 정말 나이가 어린 아이들, 특히 아기들 같은 경우는 처음에는 경계하는 모습을 비춘다면, 거리를 벌리고 지켜만 봐도 좋다. 그러면 알아서 다가온다는 거다.

물론, 저 여인은 개도 아니고 아기도 아니다. 하지만, 펜릴은 이럴 때 배운 것 말고는 딱히 매뉴얼 자체가 없었다.

–먼저 대화를 걸어봐라.

'뭐?'

–이름이 애니마라고 한다.

펜릴은 깜짝 놀랐다.

'어떻게 알아?'

–본명인지 아닌지 정확히 모른다. 어제 네놈이 도시로 들어가려고 할 때, 너와 마찬가지로 지명수배자 중 하나였다. 기사가 들고 다니던 종이에서 본 것 같다.

'그러면…….'

–네놈 이름도 그걸 통해 알았겠지.

펜릴은 다소 실망스러운 표정을 지었다.

저 애니마라는 여인과 무언가 특별한 이야기가 있을 것 같았지만, 정말 그것을 통해라면 별 거 아닌 이야기가 아닌가?

'정말 지명수배자인가? 얼굴도 그렇고 성격도 그런 편은 아닌 것 같은데.'

사슴의 목을 벨 때 행동을 보니, 지명수배범과 어울리는 건 정말 아니었다.

—인간들은 정말 놀라운 선입견을 가지고 있군. 내일 일어나거든 가장 먼저 네놈의 목부터 만져봐라.

'왜?'

—그게 바로 인간이다. 네놈이 당장 내일 아침 일어났을 때 네놈이 이 세상 사람이 아닐 수도 있다.

펜릴은 자신도 모르게 고개를 끄덕였다.

씨스톤이야 말로 이런 선입견을 가지고 있지만, 사실 그렇게 틀린 말도 아니었다.

펜릴은 저 애니마라는 여자를 모른다. 경계심을 풀고 있는 상황에서 공격을 받는다면 펜릴도 정말 어쩌지 못한다.

'설마, 그러겠어?'

펜릴은 경계심을 완전히 풀었다.

씨스톤의 말이 조금 틀린 말은 아니지만, 사실 그녀의 입장이라면 펜릴은 굉장히 고마운 존재임이 분명하다.

펜릴은 대충 나무 밑에 그럴 듯한 지붕만 만들고 그 밑에 들어갔다.

"건드릴 생각 없으니까, 들어와요."

오히려 그녀가 펜릴을 조금 경계하는 눈빛이다.

잠시 주저주저 하더니 결국 안으로 들어온다. 펜릴을 빤히 쳐다보던 그녀는 잠시 후, 코고는 소리와 함께 잠에 들었다.

몸에는 펜릴이 전해준 약초가 덕지덕지 붙어 있었다.

펜릴은 머리를 긁적였다.

솔직히 펜릴도 이제 뭘 해야 할 지 막막한 건 마찬가지였다.

기사는 살아 돌아갔다. 보고를 했다. 오르도가 들었다. 황제가 움직일 거다. 그리고 제국의 모든 눈이 대륙에 퍼질 거고 그 눈은 펜릴을 향할 거다.

아무리 생각해도 정말 더럽게 꼬여버렸다.

–아무 생각도 말고, 살아서 백색 평야로 가는 길만 생각해봐라.

'그래, 백색 평야.'

결국 해답은 백색 평야에 있다.

그곳은 제국군이 감히 들어가지 못하고 벨로루시 침략을 포기해버린 죽음의 땅이다.

펜릴이 거기까지만 어떻게든 살아서 갈 수 있다면 추적의 뿌리를 완전히 흔들어버릴 수 있다. 그곳에서 어떻게든 생존한다면 펜릴은 영원히 추적을 받지 않을 수도 있다. 물론, 나머지 성물을 위해서는 나와야겠지만.

'그건, 거기 가서 생각해봐야겠다.'

펜릴은 여러 가지 백색 평야로 가는 가장 안전한 길을 생각해보았다.

'제국이 추적의 장막을 펼친다면, 빠져나가기는 정말 힘들 거야. 그 전에 어떻게든 나가야 돼. 피해가 생긴다 하더라도 정면돌파를 해서라도!'

피해라고 해봤자 펜릴은 자기 몸뚱이 말고는 없다.

몸뚱이가 전재산이다.

펜릴은 피식 웃더니 그대로 팔짱을 낀 채 머리 뒤에 가져다 댔다.

그리고 그날 밤을 정리했다.

♦

이른 새벽.

미코노스는 황실 기사의 부상 소식에 떠들썩해졌다.

그 도시를 이끌어 가고 있는 토를란 남작은 기사단을 소집했다.

"상태는?"

"방금 전 사망을 확인했습니다."

토를란은 인상을 찡그렸다.

황실 기사가 이 근처를 돌아다닌다는 내용은 보고 받았다.

이미 이곳 미코노스 뿐만 아니라 서쪽에 있는 대부분의 도시들은 협조요청을 받은 상태다.

'애니마' 라고 불리는 여자를 찾는다고.

그런데 하필이면 이 근처에서 황실 기사가 죽어버렸다. 황실 기사는 죽기 전 오르도 자작에게 보고를 했다. 보고를 한 장소가 바로 이곳, 미코노스다. 그렇다면 미코노스는 적극적으로 이 일에 가담을 해야 한다.

어떤 일인지도 제대로 알아내지 못한 채 말이다.

"어떻게 죽었나?"

"가장 큰 이유는 화살 관통상입니다. 갑옷을 뚫은 것은 물론, 단련된 기사의 몸을 완전히 꿰뚫었습니다. 만약 거리가 조금 더 가까웠다면 몸을 관통시켰을 겁니다."

"……."

화살이나, 창, 검 같은 무기를 막고자 기사들은 갑옷을 입고 다녔다. 갑옷을 꿰뚫어 버리는 화살이라는 얘기는 이곳에 모인 기사들은 누구나 할 것 없이 모두 즉사할 수 있다는 얘기다.

"오르도 자작은 토를란 남작님은 물론, 이곳 서부에 위치한 모든 귀족들이 나서주길 적극적으로 원하고 있습니다."

그 얘기를 듣고 있던 토를란이 허탈한 표정으로 물었다.

"그 애니마라는 계집이 그렇게 대단한가?"

일개 범죄자에 지나지 않은가?

그런데, 황실 기사단이 나서고 오르도 자작이 직접 서부에 모든 귀족들이 범죄자 하나를 잡는 데 혈안이 되어 있다고?

"화살을 쏜 자는 계집이 아닙니다. 바로, 이 자입니다."

옆에 있던 기사가 토를란에게 다른 종이를 보여 주었다.

"뭔데, 이놈은?"

"이곳에서 그 계집과 접촉을 했었던 모양입니다. 애니마라는 계집은 별 볼일 없지만, 그 남자를 잡아야 합니다."

"화살 하나로 갑옷을 입은 기사를 죽이고, 스무명이나 되는 기사를 도륙한 그 남자를?"

"예……."

황실 기사단이라고 해서 모두가 강한 기사는 아니다. 실제로 황실 기사단은 명예직이다. 무위로 뽑는 것이 아니라, 얼굴이나 나이 그리고 배경을 위주로 뽑는 경우가 많다. 그래도 기사다. 20명이나 되는 기사를 단숨에 도륙한 거다. 그들은 모두 누군가의 자식이거나 누군가의 남편. 대부분이 그들은 귀족계다. 이 일로 제국은 분명히 한 차례 시끄러운 소리가 여기저기서 들려올 것이 분명했다.

남작가의 기사들은 몇 명 되지도 않는다. 게다가 서부는 그렇게 위험한 일이 없다.

벨로루시에서 백색 평야를 뚫고 제국을 침범할 미친 행위를 할 이유도 없고.

"어차피 오르도 자작도 불가능하다는 걸 알기 때문에 전체적으로 압박을 가해주길 바라고 있습니다. 심리적인 압박을 가하기만 해도 황실의 주요 기사들을 데리고 오겠다고……."

"고생은 우리가 하고 열매는 자기가 먹겠다 이거로군."

"그가 하는 역할이지 않겠습니까?"

마음에 들지 않는 일이다.

미코노스의 일이 제국의 일이고, 제국의 일이 미코노스의 일이라고는 해도 황실의 일이 미코노스의 일은 아니다.

오르도 자작은 황제의 측근, 결국 황실의 일이라는 건데 황제의 입김과는 거리가 먼 이곳은 사실 황제에 대한 충성심으로 똘똘 뭉친 기사나 귀족들은 찾기가 어렵다.

게다가 이미 제국이 공표한 범죄자의 찾은 일이니 만큼 돕지 않는다면 무슨 해괴한 일을 당할까 또 모른다.

"오르도 자작이 한 마디 더 덧붙였습니다."

"뭐를?"

"황제 폐하의 영원을 위해 일해 달라고 했습니다."

♦

푸드득, 푸드득-

나무 위에 있던 새가 시끄러운 날개 짓과 함께 하늘로 떠올랐다.

펜릴은 벌떡 일어나서 가장 먼저 자신의 목을 만졌다.

어젯밤 씨스톤이 했던 얘기 때문이다.

'빌어먹을, 그러면 그렇지.'

언제든 뒤통수 때리는 게 인간의 역할이기는 했지만, 지금 돌아가는 상황을 봐서는 그럴 것 까지는 있겠나?

목이 제자리에 붙어 있는 것을 보고 펜릴은 옆을 슬쩍 쳐다봤다.

등을 반대편으로 돌린 채 곤히 잠들어 있는 모습을 보니 펜릴은 잠시 고민했다.

'깨워야 하나?'

사실 이렇게 한가롭게 자고 있을 시간은 없었다.

팬텀 라지아를 사용하며 몇 시간이고 계속 뛰기는 했지만 상대방이 만약 말이나 그런 것들을 타고 쫓아온다면 거리는 빠르게 좁혀진다.

게다가 펜릴은 이곳까지 오면서 대부분의 흔적을 지우지는 못했다. 아주 결정적으로 길이 헷갈릴 만한 곳만 흔적을 지워 상대방을 혼란시킨 것이 전부다.

더 이상 이곳에서 시간을 지체할 순 없었다.

"이봐요."

처음에는 불렀다.

사실 여자의 몸에 손을 대서 괜한 오해를 사고 싶은 생각은 전혀 없었기 때문이다.

그런데 꿈쩍도 안한다.

"이봐요!"

예의는 처음, 한 번으로 족하다.

펜릴은 그녀의 몸에 손을 대고 흔들었다. 그러다 펜릴이 깜짝 놀라 손을 떼었다.

'뜨겁다.'

몸이 정말 불덩이라고 느껴질 정도다.

"젠장!"

펜릴은 그녀를 바로 눕혔다.

호흡이 가빠르고, 얼굴에 열꽃이 피었다.

펜릴은 무작정 그녀의 옷을 벗겼다.

열이 나는 것이 정말 별거 아닌 병이라고 생각 할 수도 있지만, 가끔 감기가 더 큰 병으로 진행이 되거나 열이 내리지 않아 죽는 건 흔하게 볼 수 있는 일이다.

특히나 나이도 어린 여자가 며칠씩이나 갖은 고생을 하며 쫓겼다면, 몸 상태가 정상이 아닌 건 당연한 일이다.

제일 먼저 해야 할 일은 열을 식히는 것.

그리고 제대로 된 휴식이다.

이곳에서는 제대로 된 휴식이 이루어질 리가 없다. 일단 열부터 식혀야 한다.

펜릴은 자리에서 벌떡 일어나 수통을 들고 바깥으로 뛰쳐나갔다.

'물, 그다음에 해열초다.'

해열초는 아주 특이한 향을 풍긴다. 찾는 건 어렵지도 않다. 야생에서 흔히 자라는 풀이기 때문이다. 냇가를 귀신 같이 찾아낸 펜릴은 수통에 물을 담았다.

그리고 애니마에게 단숨에 뛰어가 물을 먹인 뒤, 그녀의 옷에 물을 적시고 몸 위에 올려 두었다.

푸드득, 푸드득-

펜릴이 마치 경기를 일으키듯 주위를 둘러 보았다.

새가 그냥 하늘 위로 올라간 것 뿐인데도 깜짝 놀랐다.

사실 이러고 있을 시간이 없다.

하필이면, 하필이면 지금 그녀가 움직일 수 없는 상태가 되었다. 이 몸으로 몸을 움직인다면 체력이 회복되지 않아 열이 내려갈 리가 없다.

-떠나야 한다.

"왜?"

-멀리 떨어져 있기는 하지만, 누군가 온다.

씨스톤은 펜릴 보다도 감각이 좋다.

"누군데?"

-소리를 들어서나 숫자로 봐서나 기사다.

풀 플레이트 메일을 걸친 기사들의 독특한 소리. 움직일 때 마다 덜그럭 덜그럭 거리는 소리가 들린다. 마치 그건 이가 맞지 않아 빈 공간에서 소리가 들리는 것처럼.

"숫자는?"

-오십.

펜릴은 그 자리에서 굳어 버렸다.

엄청난 숫자다.

-너의 흔적을 찾고 있는 게 분명하다. 30분도 안 되서 이곳을 찾아낼 거다.

펜릴은 머리를 벅벅 긁었다.

누군가는 당장 떠날 수 없는데, 당장 가라고 말한다.

버릴 거면 처음부터 버렸어야지, 이미 상황이 이렇게 되어서 중간에 가버릴 수도 없는 모양새다.

"길은?"

-북서쪽으로 가라. 그곳에도 누군가 있기는 하지만, 숫자는 적다.

나침반으로 위치를 확인한 펜릴은 그녀의 옷을 서둘러 입히고 이번에는 자신의 상의를 벗었다. 그리고 그녀를 업고 상의로 돌돌 동여맸다.

'방법은 이거뿐이다.'

질끈 동여맨 펜릴은 팬텀 라지아를 각성시켰다.

그리고 전력으로 북서쪽으로 달리기 시작했다.

소리도 나지 않는다. 그런데 정말이지 엄청난 속도로 달린다.

펜릴은 다리에 감각이 느껴지지 않았다. 그래서 더욱 빨리 뛸 수 있고, 더욱 오래 달릴 수 있는 데도 지치지 않는다.

"내말, 내말 들려요?"

펜릴은 꽤나 크게 외쳤다.

빠르게 달리는 와중이라 바람 소리 때문에 그녀의 귀가 먹먹해지기 때문이다.

"알아들으면 고개만 끄덕여요."

정신은 있나 보다.

"온 힘을 다해서 제 목을 조르지 말고 제 허리 밑으로도 다리를 내리지 마요. 당신을 뒤에 업고 있기 때문에 제가 뒤가 잘 보이지 않아요. 당신은 뒤를 확인해 주세요. 아니면 왼쪽이나 오른쪽도 좋고요. 어떤 식으로든 저에게 신호를 줘요. 아무리 작더라도 캐치해낼 테니까."

애니마가 고개를 살짝 끄덕인다.

이가 보이는 것이 정말 필사적으로 펜릴이 말한 것을 지켜줄 생각인 가 보다.

업는 것도 힘들지만, 정말 펜릴이 말한 대로 업히려면 그것도 꽤나 곤혹스러운 일이다. 게다가 아픈 몸으로 그걸 해내기는 쉽지 않다.

그녀는 왼쪽과 뒤를 바라보았다.

"저기 있다!"

소리가 나지 않는다고 보이지 않는 건 아니다. 누군가가 펜릴과 애니마를 발견했다.

처음부터 펜릴과 애니마라고 확신한 건 아닐 거다. 하지만, 이런 산속에서 무언가 수상한 행동을 하는 자를 보면 의심스러운 것은 당연하다.

그들의 거리가 가까워진다.

"페, 펜릴이다!"

나타난 건 기사 다섯 명이다.

북서쪽이 제일 적다더니 무려 5명.

'씨스톤은 사용할 수 없다. 그걸 사용하면 무게가 무거워져서 움직이는 데 지장이 가. 눈도 사용해서 체력을 떨어뜨릴 필요는 없어.'

펜릴은 폴짝 뛰었다.

그들의 키를 훌쩍 뛰어 넘어 뒤에 착지했다.

"자, 잡아라!"

싸우지도 않고 도망가는 펜릴을 기사들이 뒤뚱뒤뚱 쫓아온다.

플레이트 메일을 걸친 자들이 펜릴의 속도를 쫓는 건 무리다.

붉은 열매의 에너지에 팬텀 라지아라는 지치지 않는 다리까지.

"뒤를! 뒤를 쏴서 맞춰라!"

기사들 중 몇 명이 석궁을 들고 다닌다. 그런데 하필 이 기사들 중 석궁을 든 자들이 있을 줄이야.

방아쇠를 당기자 쿼렐이 재빠르게 펜릴의 등을 향해

날아온다.

그 모습을 바라보던 애니마가 등을 살짝 꼬집었다.

인상을 살짝 찡그린 펜릴이 허리춤에서 마체테를 꺼내 들고 몸을 크게 틀면서 아래서부터 위로 퍼올렸다.

째에에엥!

손이 얼얼하다.

펜릴은 완벽하게 바닥에 착지했다. 그리고 다시 앞으로 달려 나가기 시작했다. 기사들은 서둘러 폭죽을 터트렸다.

휘융! 쾅쾅!

하늘 위에 수놓은 아름 다운 불꽃.

하지만, 그건 하나의 신호였다.

—펜릴 발견.

◆

'엄청난 숫자로군.'

펜릴을 발견 할 때 마다 그들은 섣불리 덤벼들지 않고, 폭죽을 터트린다.

저 의미를 모를 리가 없다.

기사들도 바보들이 아니다. 펜릴에게 덤벼들어서 좋을 게 없다는 걸 알고 있고 링커라는 사실도 알고 있다. 그것도 굉장히 강한 링커라는 사실을.

그렇다면 싸우지 않고 숫자를 모아야 한다. 결국 펜릴은 한 명이다. 애니마를 업고 뛴다면 속도는 늦어질 수밖에 없다.

기사들은 말들을 묶어 둔 곳으로 가 당장 고삐를 잡고 쫓아 오기 시작했다.

푸히히힝!

산 속에서 펜릴과 기사들 간의 추격전이 시작되었다.\

펜릴은 지금껏 자신이 마주친 기사만 수 백 명이 넘었다. 기사들 뿐이랴. 병사들까지 섞여있다.

그 가운데에서는 재수 없게 펜릴의 길을 가로 막고 있던 기사나 병사들도 있었다.

그들은 물러서지 않고 공격을 감행했다.

"기사는 물러서지 않는다!"

물론, 그들은 펜릴의 제물이 될 수밖에 없었다.

마체테에 서린 붉은 기운은 그들의 목을 단숨에 날려버렸다.

단숨에 서너 명의 기사가 죽었다.

펜릴은 주위를 두리번거렸다.

정말이지 그물 같은 포위망이 아닐 수 없었다.

제국에서 황실에서 벌이는 일이다. 펜릴과 애니마, 이 둘을 잡기 위해 펼친 포위망 치고는 굉장한 범위와 숫자다.

앞이 깜깜하다고 느껴지는 일은 이번이 처음이었다.

♦

탁! 탁!

바위를 밟고 산을 올라가는 펜릴은 연신 주위를 살폈다.

스르륵!

그런데, 발이 제대로 고정되지 못하고 펜릴이 밑으로 주르륵 미끄러졌다.

펜릴과 애니마가 함께 뒹굴었다. 펜릴은 곧바로 씨스톤을 각성시키고 피해를 최소화시켰다.

"휴우!"

등이 꽤나 아프긴 하지만, 상처는 없다. 펜릴은 곧바로 애니마의 상태를 확인했다.

"몸은?"

애니마는 고개만 살짝 끄덕였다.

그럼 됐다. 펜릴은 애니마의 몸 상태를 확인할 방법이 더 이상 없다. 그녀 스스로가 괜찮다 아니다를 판별하여 펜릴에게 얘기하는 수밖에 없다. 시간이 없기 때문이다.

펜릴의 집중력은 떨어졌다. 몸은 굉장히 지쳤다. 체력적으로나 정신적으로나 지치고 있는 시간 때, 밤이 찾아 왔다.

추적자들은 낮과 밤에 교대로 움직인다.

그들은 지치지 않고 펜릴과 애니마는 지칠 수밖에 없다. 게다가 펜릴은 한 명을 업고 뛰고 있다. 엄청난 속도로 뛰고 있다고 해도 결국에 체력이라는 녀석과 정신력이라는 거대한 구멍이 드러날 수밖에 없었다.

"좋아요, 업혀요."

펜릴은 살짝 무릎을 내리고 뒷짐을 지었다.

그녀가 등에 업히자 펜릴은 일부로 소리를 내며 몸을 일으켰다.

"읏차."

며칠 사이에 몸이 굉장히 가벼워졌다.

펜릴은 자신의 옷으로 그녀와 자신을 고정시켰다.

"미안해요."

틈만 나면 사과다.

펜릴은 코웃음을 쳤다.

"됐어요. 이제 와서 뭘……."

애니마로써는 사실 굉장히 펜릴에게 미안한 상황이다. 이 일에 끼어들 필요도 없는 데, 괜히 휘말렸다. 작은 일도 아니고 목숨이 왔다 갔다 하는 일에.

펜릴 말대로 인생이 정말 더럽게 꼬여버린 거다.

"다시 한 번 얘기하지만, 난 당신 목숨 보다 제 목숨이 더 중요해요. 당신에게는 미안하지만, 저는 해야 할 일이 있고 반드시 하고 싶은 일들도 존재해요. 이미 이렇게 된 건, 뭐 어쩔 수 없는 일이지만 위험하다 싶을 때, 정말 안 되겠다 싶을 때는 당신을 버리고 도망갈 지도 몰라요. 아니, 그럴 거예요. 단지 버리는 것에서 끝나는 게 아니라 미끼로 쓸 거고요."

"네."

이렇게 말을 하는 펜릴이 냉정하다고, 혹은 남자답지 못하다고 생각할 수도 있지만 그녀는 결코 펜릴을 원망하고 있거나 하지는 않았다. 오히려 며칠 째 제대로 움직이지도 못하고 업혀있기만 한 자신이 조금 한심스럽기 짝이 없었다.

부상이라는 측면, 그것은 인간을 굉장히 약하게 만든다.

그녀는 여전히 열이 팔팔 끓어오르고 있다. 며칠 간 쉬지도 못하고 움직였다. 열이 내리는 게 이상하다. 먹지도 못했고, 씻지도 못했다.

펜릴의 몸은 이미 땀냄새로 가득하다. 입은 예전부터 단내가 풀풀 풍겨왔다. 계속 오래 붙어 있었더니 둘 사이에 어떤 냄새가 나는 지서로가 모를 뿐이다.

'숲이 계속 된다는 건 행운이다.'

기사 수 십 명이 펜릴의 검에 죽어 나갔다.

병사들도 죽었다.

몇 몇은 펜릴의 활에 머리에 구멍이 뚫렸다.

기사나 병사, 마법사라 할 것 없이 모든 이들이 펜릴의 공격에 무력화가 되었다.

그렇게 길을 뚫고 나오니 어제부터 추적이 뜸해졌다.

포기했다라고 보기에는 아직 이르다.

여기는 제국령이기 때문이다.

제국령을 완전히 벗어나기 전 까지는 안심할 수 있는 것이 아무것도 없었다.

그나마 이곳이 펜릴에게는 숲이라는 익숙한 환경이 유일한 위로거리가 되어 주었다.

펜릴은 일단 손에 닥치는 대로 주어 먹었다. 속에 탈이 나지 않게 꼭꼭 씹어 먹었다. 여기서 펜릴까지 부상으로 앓아눕는다면 끝이다. 틈나는 대로 체력을 보충해야 했다.

그리고 해열초와 그녀 역시 펜릴이 가져다주는 걸 입에 꾸역꾸역 집어넣었다.

'정말 익숙한 냄새야…….'

그녀와 계속 붙어 있었으니 사실 냄새에 대해서는 익숙해져 버린 편이다.

그런데, 아주 독특한 냄새만큼은 도통 없어지질 않는다.

안 좋은 냄새라는 게 아니다.

가만히 있으면 코를 간질거리는 게 굉장히 기분이 좋은.

익숙하면서도 그리운 냄새다.

"모든 흔적을 지운 건 아니지만, 우리가 오면서 결정적인 방향전환을 했던 곳들은 모두 흔적을 지웠어요. 제대로 우리를 쫓는 게 쉽지는 않을 거예요."

펜릴은 희망적인 말들을 쏟아냈다.

아직 백색 평야에 도착하기 위해서는 험난한 길이 기다리고 있었다.

'문제는 평야 지대다. 백색 평야로 들어가기 전에, 만약 이 숲이 끝난다면…….'

숲은 펜릴과 애니마를 지켜주는 안전한 보호막이다. 하지만, 평야 지대로 들어가 버리면 더 이상 펜릴은 숲의 보호를 받지 못한다.

'젠장, 정말 이 여자를 이렇게 까지 지킬 필요가 있나?'

머리가 간지럽다. 슬쩍 손을 들어 올려 벅벅 긁는다.

펜릴은 뒤를 힐끔 쳐다봤다. 펜릴의 등에 기대어 완전히 뻗어 버린 것 같다. 그래도 확실히 체온이 낮아진 것 같기는 하다. 등에서 느끼는 열기가 조금 적어진 느낌은 든다.

다행이기는 하다. 하지만, 펜릴은 이 여자가 어떤 사람인 지 잘 알지 못한다.

어쩌다보니 더럽게 꼬였고, 어쩌다보니 동행을 하고 있을 뿐이다. 당장 눈앞에 죽어가는 사람을 버리고 가는 것도 조금 웃긴 일이기도 하고.

이 여자에 대해 알고 있는 거라고는 이름과 범죄자취급을 받고 있는 사람이라는 것.

펜릴이야 그렇다 쳐도 이 여자는 분명 기사들에게 쫓기고 있었다. 무언가 이유가 있으니까, 무언가 있으니까 쫓기는 거다. 단순히 범죄자라고 하기에는 그녀는 성격 자체가 그런 사람은 아닌 것 같았다.

'아, 몰라.'

정말 목숨이 위험해지면 그녀를 버릴 지도 모르지만 지금 당장은 아니다.

—근처에 병사들이 있는 것 같다.

상념은 끝이다.

펜릴은 정신을 차리고 주위를 두리번거렸다.

'방향은?'

—사방이다. 병사들과 기사들을 포진 시키고 조금씩 숲 안으로 밀고 들어온다.

'숲을 포위하기 위해서 며칠 동안 공격해오지 않았던 거군.'

—놈들이 가만히 있어도 네놈은 알아서 체력이 빠진다. 굳이 공격해올 필요는 없던 거지.

심리적인 압박만큼이나 상대방을 손쉽게 무너뜨리는 방법은 없다.

숲을 포위하는 것이 가능해지자, 일부러 자신들의 존재를 펜릴에게 가르쳐준 것이다. 심리적인 압박을 가하기 위해서.

'덫을 파놓았다, 이 말이로군.'

토끼몰이.

종종 토끼를 몰기 위해서 덫을 파두기도 해봤다.

그런데, 토끼라는 동물은 굉장히 약삭빠르다. 경험이 없는 사냥꾼들은 잡기가 굉장히 까다롭기도 하다. 육식동물보다 어려운 게 초식 동물이다. 육식동물은 아무래도 사냥에 익숙하고, 그런 만큼 사냥꾼에게 쉽게 달려들고 잡힐 수밖에 없다. 초식 동물은 그만큼 도망가는 것에 익숙하기도 하고.

때로는 인간인 펜릴이 놀랄 만큼 빠르거나 도주로를 확보하여 도망가는 녀석들도 있긴 하다.

"후우!"

상황은 이렇게 됐는데, 펜릴은 꽤나 마음이 편안해졌다.

이곳은 숲이다.

언제나 사냥꾼은 사냥감이 될 수도 있고 어떤 입장에 처하게 될 지는 그건 아무도 모른다.

펜릴은 사냥꾼이다. 링커 이전에 사냥꾼이었고, 언제나 숲에서 살았다.

숲은 집이나 마찬가지다. 오히려 마음이 편안해지는 이

유는 그것 때문이다.

펜릴은 더 이상 움직이는 걸 포기하고 그곳에 자리를 잡았다.

펜릴은 애니마를 내려놓고, 근처에 풀과 나뭇가지를 모았다.

풀은 괜찮은 쿠션 역할을 해줄 거고, 나뭇가지는 불을 피울 거다. 재빠르게 불을 피우는 펜릴을 보며 애니마가 고개를 갸웃했다.

"불을……."

피우면, 발각이 된다는 얘기다.

"어차피 그들은 저의 위치를 알고 있어요. 오히려 제가 항복을 하고 이곳에서 기어나오길 바랄 걸요?"

포위망이 좁아진다는 것은, 그만큼 펜릴은 적은 숫자를 상대할 수 있다는 얘기다. 펜릴이 수월하게 빠져나갈 수도 있다. 일정 이상의 간격을 유지하며 포위망으로 펜릴에게 심리적인 압박만 가해준다면, 펜릴은 알아서 기어 나올 거라는 계산이다.

'미친 생각이로군.'

오히려 이건 펜릴에게 기회다. 며칠 째 제대로 쉬지도 못했고, 먹지도 못했다.

애니마는 아직 병에서 자유롭지 못하다. 이 시간은 펜릴과 애니마에게 골든 타임이 될 수 있을 것이다.

심리적인 압박을 받기는커녕, 펜릴은 굉장히 여유로웠다.

먹을 만한 열매를 따오고 근처 냇가에 물고기를 잡아다가 배를 채웠다.

'누가 병사들을 지휘하고 있는 줄은 모르겠지만, 실수다!'

펜릴은 머리 뒤로 팔짱을 낀 채 다리를 꼬았다. 그러면서 한쪽 눈을 감고 애니마에게 말했다.

"자려면 지금 자요. 나중이 되면 어차피 자고 싶어도 또 잘 수도 없을 테니까."

"하지만……."

"지금 쉬는 게 좋아요. 병이 악화라도 된 다면 정말 버리고 갈지도 모르니까요. 마음이 불편하면, 적당히 높은 나무 위로 올라가서 누가 오나 안 오나 살펴봐주던가요."

펜릴은 그 말만 하고 정말 잠에 빠졌다.

잠시 후, 드르렁거리는 소리와 함께 일정 속도로 가슴과 배가 오르락내리락 거렸다.

최근에 워낙 피곤한 일들이 많았기 때문에 이것저것 잴 것도 없었고 한 치의 경계도 하지 않았다.

게다가 지금은 낮.

마수들도 지금 만큼은 굉장히 조용했다.

씨스톤도 펜릴의 취침을 방해하지 않았다.

그녀는 주저주저 하더니 곧바로 펜릴의 옆에서 잠에 빠졌다.

또한, 그녀도 얼마 지나지 않아 코를 곯았다.

◆

토를란은 기가 막힌 표정을 지었다.

숲이 굉장히 범위가 넓은 곳이 아니다.

충분히 중간에서부터 압박을 가해온다면, 녀석은 지금쯤 사색이 되었을 거다.

가끔은 굉장히 뛰어난 감각과 능력이 독이 되는 경우가 있다.

바로, 지금과 같이.

보이지도 않는 상대에게 지레 겁을 먹어버리는 경우다.

그런데 녀석은 곧바로 대응을 해왔다.

'이 숲에서 불을 펴?'

숲 가운데서 올라오는 연기.

밤도 아니고 낮이기 때문에 굉장히 잘 보인다.

이건 숨기려고 한 게 아니라 정말 잘 지내고 있다는 것을 보여 주려는 의도다.

제국군을 엿으로 생각하지 않는다면 절대 저런 기괴한 행동을 하지는 않을 거다.

연기를 바라보는 사람들은 죄다 벙찐 표정을 지었다.

이건 도발이었다.

"당장 녀석을 잡아 오는 게 어떻겠습니까?"

이곳에 모인 이들은 기사나 병사들, 토를란 남작 뿐만이 아니라 주변 영지의 영지와 기사들이 모두 모였다.

기사나 귀족들이 의견을 내놓기 시작했다.

현재는 겹겹이 포위망을 둘러싼 모양이다.

토를란은 고개를 내저었다.

"불가능합니다. 지금 녀석을 잡으러 가면 포위망이 구멍이 생겨버립니다. 녀석에게 단 하나의 구멍 조차도 보여주어서는 안 됩니다."

"그럼, 저 꼬라지를 지금 보라는 겁니까?"

"저게 지금 그놈이 유인하는 방법입니다. 우리가 유인이 되어도 그만, 유인이 안 되어도 그만. 놈은 잃을 게 없습니다."

"그럼, 어쩌자는 거요?"

"기다려야지요!"

누구를?

애초부터 이렇게 포위망을 싼 이유는 놈을 상대하는 데 크나큰 피해를 입기 때문이다. 이곳에 모인 이들 누군들, 피해를 입고 싶지는 않다.

설명도 제대로 이루어지지 않는 황실의 일은 대부분이

그렇다. 열심히 참가하고 노력을 기울인다고 그만큼 보상을 받는 게 아니다.

여기서 기사나 병사들이 죽으면 그건 정말 손해에 불과하다.

어렵싸리 키운 병사들이 죽는 것만큼은 바라는 이들이 아무도 없다.

지난 며칠간 죽은 병사들과 기사들이 몇 명인가.

그들을 생각하면 입 안 어딘가가 굉장히 쓰다.

게다가 애초에 그들은 미끼역할에 불과하다. 마지막에 해결을 해줄 자들은 오르도 자작!

토를란은 그가 오기만을 목이 빠져라 기다리고 있었다.

몬스터 링크

monster link

펜릴 vs 오르도

NEO FANTASY STORY

하루면 충분했다.

펜릴은 최상의 컨디션을 유지했다.

평소에는 3시간이면 충분했던 수면을, 10시간 이상으로 늘렸다. 식사도 3끼를 꼬박꼬박 챙겨서 정해진 시간에 먹었다. 과일과 채소는 물론, 고기까지 섭취를 했다.

숲에서 펜릴은 하루를 더 버텼다.

물론, 가장 큰 목적은 펜릴의 컨디션 유지보다는 애니마의 몸 상태를 회복시키는 것이었다. 그런데 애니마의 몸이 하루 만에 깨끗하게 회복되었다.

휴식을 취하니 가능한 일이었다.

본래 쫓겨 다니지만 않았어도 애니마의 몸은 회복되고

도 남았다.

해가 질 때까지 휴식을 취하던 펜릴은 점차 하늘의 색이 붉은 색을 넘어 검어지자 자리를 털고 일어났다.

펜릴은 말도 안하고 애니마를 바라보더니 등을 돌렸다.

허리를 살짝 구부리고 무릎을 내린 것을 보면, 업히라는 의미다.

"다 나았어요."

"알아요. 하지만, 당신이 뛴다고 저를 따라올 수 있겠어요?"

펜릴의 속도는 사실 놀랍기 짝이 없다.

애니마는 죽었다 깨어나도 펜릴을 쫓을 수 없다.

사방은 병사와 기사들이 포위망을 서고 있다. 그녀가 제때 따라오지 못한 다면 펜릴은 그녀를 보호해줄 수 없다. 조금 힘들기는 하지만, 그녀를 업고 뛰는 게 익숙해지기도 했다.

주저주저하던 애니마는 결국 펜릴의 등을 선택했다.

"방식은 동일해요. 다리로 제 허리를 감되, 그 밑으로 내려가지는 말 것. 목을 강하게만 조르지 말아줘요. 양팔이 자유롭게 움직일 수 있게 해주면 좋고요. 그리고 제가 제때 달라는 것들 주세요."

"알겠어요."

그녀가 업히고 있을 때는 펜릴의 서포트 적인 역할을 해 주어야 한다.

"가요."

펜릴은 가볍게 주변을 정리했다.

흔적을 지울 필요는 없었다. 어차피 이곳에 있다는 걸 뻔히 아는 상황.

펜릴과 애니마는 숲속으로 사라졌다.

♦

밤이라는 시간은 인간을 나약하게 만든다.

육체적으로나 정신적으로나.

몸은 굉장히 피곤해지고, 눈꺼풀은 무거워지는 시간이다.

허벅지를 꼬집어 봐도 하품이 나오는 건 어쩔 수 없다.

육체가 무너지면 정신이 무너지기 시작한다.

설마, 오겠어? 라는 의문이 들기 시작하는 데, 이 의문이 생겨나면 그 병사나 기사는 굉장히 방심하기 시작한다.

휘유융-

허공을 가르는 궤적.

그리고 그 궤적은 창을 들고 있던 병사의 목에 박혔다.

"컥!"

병사는 어쩔 줄 모르고 뒤로 넘어가버린다.

옆에 있던 병사는 그 모습을 보고 외쳤다.

"노, 놈이다!"

병사가 외치자 순식간에 주변이 밝아진다. 이미 이곳은 포위망을 만들고 주변을 점거하고 있었다. 밤이라고 해도 횃불로 충분히 인간이 활동할 수 있도록 밝아진 상태다.

수면이나 휴식을 취하고 있던 자들이 순식간에 자리를 박차고 일어났다.

"어디? 어디냐?"

가장 먼저 뛰쳐나온 건 토를란 남작이다.

병사는 손가락으로 한곳을 가리켰다.

여자를 업고 있는 괴이한 모습.

그런데, 정말이지 놀랍도록 빠르다.

다리는 인간의 것이라고 부를 수는 없었다. 독특한 마수의 모습을 가졌는데, 어떻게 된 것이 저 속도를 죽이기 위해 활이나 창을 사용해 보았지만 공격이 통하지를 않았다.

마수들이나 언데드 같은 것들은 실체가 없는 것들이 존재한다더니 바로 저런 걸 두고 얘기하는 가 싶었다.

빠르기만 한 것이 아니라 활의 실력도 아주 신출귀몰하다.

한 발을 쏘면 한 명이 죽었다.

"다음!"

펜릴이 외치자 뒤에 있던 애니마가 화살을 들어서 펜릴의 손에 쥐어 주었다. 등에 업고 있었기 때문에 활이나 화살을 펜릴의 등에 둘 수가 없었다. 결국 그건 옷 사이에 끼어두고 있었는 데, 펜릴의 손이 닿지 않자 애니마가 곧바로 하나씩 꺼내주고 있었다.

"거리를 뒤로 두고 방패를 들어라!"

토를란은 빠르게 외쳤다.

실력이 뛰어난 기사들은 방심만 하지 않는다면 피할 수 있다.

그깟 화살이라는 생각을 하고 맞받아 치거나 도전을 한 기사들은 이미 수도 없이 죽어버렸다.

보통 화살과는 다르다. 쳐낸다고 쳐낼 수 있는 게 아니다.

화살은 검을 관통시켜버리는 엄청난 힘을 가졌다.

하지만, 피하려고 노력만 한다면 못 피할 것도 없다.

병사들은 다르다. 눈으로 보면 그때는 이미 늦는다. 그래서 토를란은 준비시켜둔 것들을 꺼냈다.

병사들은 자신의 앞에 두꺼운 방패를 꺼내 들었다. 방패라고 하기에는 민망한 수준의 디자인이지만, 방패가 굉장히 두껍고 앞과 뒤에 나무로 덧대 굉장히 단단하고 튼튼했다.

쩌어어엉!

나무가 뚫리고 방패가 움푹 패였다.

그런데, 화살이 통과하지를 못했다.

"어?"

화살을 날린 펜릴 스스로도 깜짝 놀랐다.

지금껏 방패를 뚫지 못했던 경우는 없었다. 기사들이 사용한 방패들도 펜릴의 화살에 여지없이 뚫려 버렸기 때문이다. 하지만 나무로 덧대고 두꺼운 철로 만든 방패는 뚫리지 않았다.

펜릴이 숲에서 쉬고 있을 때 병사들도 가만히 있던 건 아니다.

특히나 귀족들도 멍하니 기다리고만 있던 건 아니다.

펜릴의 공격은 활이 굉장히 효과적이다.

그 활의 공격을 무력화 시킬 필요가 있었다.

"좋다! 놈은 더 이상 활을 사용할 수 없다. 검도 사용할 수 없다! 놈을 압박해라!"

사방에서 병사들이 방패를 들고 펜릴을 향해 돌진해왔다.

활이 통하지 않는다. 맞는 말이다. 그렇다면 마체테를 꺼내도 효과를 보기 어려울 거다. 마음만 먹는다면 베지 못할 것도 없지만, 방패를 베는 데 시간을 쓸 수는 없었다.

펜릴의 목적은 이곳을 탈출하는 거지, 방패랑 시시덕거

리는 게 아니다.

펜릴은 요리 뛰고, 저리 뛰면서 빈 공간을 찾았다.

'끝이 없군.'

수 천 명이 아니다. 정말 만 명은 될 법한 숫자다. 고개를 들면 지평선 끝까지 사람들의 숫자가 끝이 보이지 않는다.

서쪽에 있는 병사들과 기사들이 죄다 집결했다. 이 정도 숫자는 불가능한 것도 아니다.

전부가 방패로 무장한 것은 아니지만, 펜릴의 근처에 있는 자들은 죄다 방패로 무장을 했다. 막상 방패로 무장을 하니 느리기는 해도 정말 펜릴은 손을 쓸 수가 없었다.

'이 공간을 뚫어야 한다.'

최소한의 공간.

발을 디딜 수 있는 그런 공간이 펜릴에게 필요 하다.

물밀듯이 밀려오는 이 포위망 속에서 펜릴은 손가락을 가볍게 튕겼다.

화아악!

순식간에 주변이 어두워진다.

"뭐, 뭐야!"

횃불이 동시간에 한 번에 꺼졌다.

그럴수밖에.

이미 주변에는 펜릴이 소환한 망령이 있었다. 망령에게 횃불을 끄는 명령 정도는 아주 손쉽게 할 수 있다.

인간의 눈이라는 것은 밝은 곳에 있다가 어두운 곳에 들어가면 적응이 되지 않는다. 특히나 이렇게 수많은 사람들이 무기를 들고 몰려 있을 때는 말이다.

이때는, 잔인해질 필요가 있다.

펜릴은 씨스톤의 팔과 카두치의 눈을 각성시켰다.

눈으로 어둠을 꿰뚫어 보니 움직임에 제약이 없고 씨스톤의 팔로 방패를 든 녀석들을 향해 주먹을 날렸다.

콰아앙!

방패를 든 녀석도 좋다.

어차피 씨스톤의 팔에 맞으면 방패가 반으로 구부러지고, 피해를 받을 수밖에 없다.

"으아악!"

괴상한 소리가 들리자 주변의 병사들이나 기사들이나 당황하기 시작한다.

펜릴은 닥치는 대로 공격을 퍼부었다.

무기를 들고 있는 녀석들은 허공에 무기를 휘둘렀다.

"당황하지마! 몸을 바짝 바닥에 엎드리고 눈이 어둠에 적응할 때 까지 기다려라!"

토를란의 외침소리는 비명소리에 묻혔다.

주변에 들은 병사들만 행동을 취할 뿐이다. 하지만, 주변에 누군가가 그러게 되면 그건 전염병처럼 퍼지기 마련이다.

토를란의 지시는 사실 틀린 게 아니었다.

다만, 펜릴에게는 최적의 기회로 찾아왔을 뿐이다.

몸을 바짝 바닥에 엎드리니 펜릴이 도망갈 수 있는 길이 열렸다.

'됐다!'

펜릴은 아주 재빨랐다.

지금이 최적의 기회라는 걸 깨달았기 때문이다.

'지금을 놓치면 끝장이다.'

인간이 어둠에 적응하는 시간은 생각보다 빠르다. 특히나 마나연공법을 알고 있는 기사들은 이미 적응을 끝마쳤다.

하지만 그들은 방패를 들고 있지 않다.

펜릴은 씨스톤의 팔을 집어 넣었다. 무겁기 때문에 걷는데 불편하기만 하다. 대신 마체테 두 자루를 꺼내 들고 붉은 열매의 에너지를 집어 넣었다.

푸숙!

"크아아악!"

에너지는 기사들의 검을 베고, 갑옷을 베어 버리고 몸까지도 베어 버린다.

피가 튀었다.

뒤에 있던 애니마가 고개를 돌렸다.

'이 순간.'

잔인해지지 않으면 펜릴은 이곳에서 살아남을 수가 없다.

'내가 살아야 한다.'

숲이라는 게 그렇지 않은가?

누군가가 사냥꾼이 될지 사냥감이 될지 아무도 알 수 없다고.

죽고 싶지 않으면 죽여야 한다. 그것이 약육강식의 세계다.

'나는 단지…….'

두 명을 찾고 싶었을 뿐이다.

라크, 티라.

몇 년 전 추적을 가지고 그 사람들을 찾기 위해서 세상으로 나왔다.

그 사람들을 찾기 위해 험난한 일정을 생각하고, 링커라는 어려운 길을 선택했다.

불사의 몸.

최강자가 되기 위해 사람들이 찾는 불사의 초.

하지만, 펜릴은 그런 것에 큰 관심이 없었다. 그냥 그 두 사람을 찾고 죽고 싶지 않을 뿐이다.

"그러니까 비켜!"

좌아악!

기사의 목이 달아났다.

펜릴은 뒤를 돌아봤다.

현재 펜릴이 서있는 이 위치.

바로 포위망의 끝이었다.

"노, 놈이 도망간다!"

어둠에 익숙해진 이들이 펜릴을 쳐다본다.

펜릴은 숲을 빠르게 내려왔다.

주변 환경이 순식간에 지나가 버렸다.

펜릴은 생각보다 멀쩡하게 포위망을 탈출할 수 있었다. 그리고 숲도 내려왔다. 숲이 끝나고 평야 지대가 나타났다.

'이곳을 지나 3일. 3일이면 백색 평야에 다다를 수 있다.'

제국의 서쪽 끝.

펜릴은 정말 미친 듯이 달렸다. 평야지대로 들어서는 순간, 숨을 곳은 없어진다. 이곳에서 격차를 벌리지 못하면 제국에서 영원히 도망갈 수가 없다.

갈대가 자라 하늘하늘 거렸다. 이 갈대들이 펜릴의 시야를 가리고 땅이 질퍽하여 움직임을 방해했다. 나침반으로 위치를 확인해가면서 서쪽으로 움직였다.

이곳은 사람이 살지 않는 땅이다.

도시도, 마을도 찾아볼 수가 없다.

숲과 다르게 평야지대니 먹을 것도 시원찮았다.

'상인들이라도 만날 수 있을 줄 알았는데.'

운이 없다고 밖에 볼 수가 없다.

백색평야 근처의 길을 이용하는 상인들은 제국에 제법 있다.

그런데 하필이면 지금 이때, 펜릴의 눈앞에는 한 명도 보이지 않았다.

낮이나 밤이나 펜릴은 쉬지 않고 뛰었다.

어차피 제국 포위망이 펜릴의 속도를 쫓아올 리 만무했다. 이곳 근처나 앞에 도시도 없으니 앞에서 포위망을 유지하는 것 자체가 불가능했다.

이틀을 내리 그렇게 뛰었다.

펜릴은 그러고 나서 여유를 되찾았다.

'내일이면 백색평야다.'

평야로 들어가는 순간, 제국군은 어차피 뒤좇아 올 수가 없다. 검은숲과 마찬가지로 그곳은 죽음의 땅. 그곳에 섣불리 들어오는 건 무리기 때문이다.

펜릴은 뒤를 슬쩍 돌아보더니 애니마를 이제 등에서 내려놨다.

"여기서 헤어지죠."

그녀 때문에 꼬이긴 했지만, 일단 제국은 다 벗어났다.

펜릴은 백색 평야에서 해야 할 일이 있었다.

그녀도 무언가 할 일이 있거나, 혹은 다른 일이 있거나 할 수도 있지만 그건 펜릴이 신경 쓰거나 관심을 가질 것들은 아니다. 궁금하기는 해도 물어보지는 않았다. 어차피 자기가 알아서 대답해주지 않는다면 말할 필요나 의도가 없다는 뜻일 테니까.

-너무 이른 이별이군.

아직, 백색평야에 도착하기 위해서는 하루거리가 남아 있다.

그 근처에서 헤어져도 충분할 일이다.

"아니, 지금 밖에 없어."

펜릴은 그녀와 떨어졌다.

-왜?

"망령이 이곳 근처에서 누군가 오는 걸 봤다."

시간이 지난 후, 씨스톤이 대답을 했다.

-난 모르겠군.

"땅이 아니다. 우리 머리 위다."

끼아아악!

멀리서 거대한 새의 울음 소리가 들린다.

펜릴은 적당한 바위를 찾아 그 위에 걸터앉았다.

그 새는 펜릴의 머리 위에서 멈췄다.

-그리폰이로군.

인간을 이송시키는 수단 중에 가장 빠르다고 알려진 녀석이다. 하늘 길을 이용하니 랩터 보다도 빠를 거다.

그 새에서 무언가 뚝 하니 바닥으로 떨어졌다.

펜릴은 그를 지켜봤다.

그도 펜릴을 바라보았다.

"오르도……."

이 끈질긴 추적자는 이곳까지 찾아왔다.

◆

오르도 자작.

제국의 역사를 뒤져보면 귀족이 평민이 된 사례는 많아도, 평민이 귀족이 된 사례는 찾기 쉽지가 않다. 전쟁에서 공을 인정 받으면 남작이나 자작이 백작이나 후작 같은 고위 귀족으로 발돋움 하는 과정은 더러 볼 수 있다. 하지만, 아무리 공을 세워도 평민은 평민이다. 돈이나 땅을 받을 수는 있어도 그것이 귀족으로 인정받지는 않는다.

그런 관점에서 생각 했을 때 오르도는 제국 역사에 몇 없는 사례라고 볼 수 있다.

평민이 귀족으로.

남작도 아니고 자작이다.

그럼 혹자들은 생각할 거다.

대체 얼마나 강하길래? 대체 어떤 공을 세웠길래?

북방의 이민족들과의 전투에서 평민 기사로 참전했던 오르도는 큰 공을 세우고 귀족이 되었는 데, 그가 이끌었던 부대는 사실 무적이라 불릴 정도로 적수를 찾아보기 어려웠다.

특히나 대장이었던 오르도의 무력은 적에게 공포심을 심어 주었는 데 그의 휘하 기사들은 귀족이거나 귀족의 자제들이었음에도 불구하고 전쟁터에서 오르도를 욕보이거나 무시하는 행동은 일절 보이지 않았다.

전쟁이 끝난 후에 그가 작위를 받을 때에도 그의 휘하 기사들은 단 한 명도 제외 없이 모두가 부하로 받아 달라 했을 지경이니 그가 얼마나 눈부신 활약을 했을 지는 짐작할 만 하다.

그 뿐만이 아니다.

오르도의 평가는 귀족들의 시샘과 질투 속에서 절하된 면이 없잖아 있었다. 하지만, 그는 북방 이민족과의 전쟁 중에 영웅으로 등극한 자이며 황제가 직접 임명한 귀족이고, 제륙에서 한 손가락 안에 드는 강자라는 점.

그가 만약 평민 출신이 아니라면 자작이 아니라, 이미 백작 후작 이상의 작위를 가지고 있다 하더라도 별 이상할 게 없었다.

그는, 그렇게 강한 사람 이었다.

"운이…… 좋았다."

입을 연 것은 펜릴이 아니라, 오르도였다.

'뭐가, 운이 좋다는 거지?'

자연스럽게 떠오른 의문.

오르도는 펜릴의 궁금증을 풀어 주었다.

"이곳이 평야라는 것. 만약 이곳이 숲이었다면 너를 찾는 데 애를 먹었겠지."

펜릴이 피식 웃었다.

그의 말이 맞다. 하늘 위에서 그리폰을 타고 움직이는 그라면 이 평야에서 아무리 움직여봤자 눈에 뜨일 수밖에 없다. 특히나 인간의 경지를 초월한 초인의 시력을 벗어나기란 무리일 것이다.

스르르릉-

오르도가 검을 뽑았다.

잘 벼른 검 날을 보자 오금이 살짝 저린다.

눈으로 보자 몸이 먼저 반응을 해버리는 거다.

그래, 이건 기운이다.

저 기운을 몸이 견디지 못하고 먼저 겁에 질려 버리는 거다.

이건 당연 한 거다. 초식 동물이 막다른 골목길에서 육식 동물을 만났을 때, 그 느낌이다. 마수들도 그랬다. 자신이 누군가에 쫓긴다는 걸 깨달았을 때. 그리고 막다른 길에 도달했을 때, 더 이상 살 수 없다는 것을 깨달은 마수들은 가늘게 떨기 시작한다. 그건 마수나 인간이나 생명체라면 당연할 수밖에 없다.

'정말 강한 사람이다.'

침을 꼴깍 삼켰다. 상대방에게 펜릴이 정말 긴장하고 있다, 라는 걸 보여주고 있는 꼴이나 다름없다.

"몇 가지 물어볼 말이 있다."

본격적으로 싸우기 전, 오르도는 입을 다시 열었다.

"뭡니까?"

"네놈은 캔슬러냐?"

오랜만에 듣는 이름이다.

"맞다면요?"

"너를 죽일 생각이다."

"아니라고 해도 죽일 생각 아니었습니까?"

이곳까지 날아오면서 오르도의 심정을 생각해봤다. 뿌득뿌득 이를 갈고 날아왔을 거다. 펜릴을 생각하면서.

"네가 저 여자와 같이 있었다는 것을 안 이상, 캔슬러가 아니라는 것은 알았다."

펜릴은 고개를 힐끔 돌렸다.

'애니마…….'

한쪽에서 이 상황을 지켜보고 있다.

저 여자와 캔슬러라는 것과 무슨 상관이라는 얘긴가.

"혹, 모르지. 네놈이 이 모든 상황을 염두해두고 만들어 뒀을 지도."

그건 아니다.

펜릴도 어쩌다보니 그냥 휘말린 결과일 뿐.

이곳에서 오르도를 만날 지도 몰랐다.

사실 안 만났으면 하는 사람이지만.

펜릴과 오르도는 인연이다. 좋은 인연으로 시작했지만, 결국은 악연으로 끝을 맺는.

애니마는 캔슬러와는 상관이 없는 사람일 것이다. 아니, 정확히는 모르지만 캔슬러일 수 없다는 것을 보면 애니마 또한 어딘가의 '누구' 라고 지칭할 수도 있다.

그 어딘가라는 건 불사의 초와 관련된, 그런 사람들이 모인 곳일 수도 있고.

아무 것도 알 수는 없다. 하지만 이 대화 몇 번으로 정보를 얻어냈다. 대부분이 추측이지만 공허한 내용 속에 그래도 길을 제대로 찾아가는 느낌이다.

'그래도 그렇지, 날 완전히 저쪽 편으로 보는 건가.'

이럴 때 어떤 말을 해도 사실 통할 거라고 생각하지 않는다. 처음 만난 여자를 목숨을 구출해주는 것에서 끝나지 않고 동행을 해왔으니 말이다.

펜릴은 머리를 긁적였다.

“바스티안은, 네가 죽였나?”

누구인지, 기억이 날 것 같다.

“마지막 질문 입니까?”

“왜?”

“싫증나니까요.”

머리를 긁던 손가락으로 귀를 후비기 시작한다.

오르도에게는 굉장히 중요한 질문이었을 거다. 그런데 펜릴은 흥미를 잃은 얼굴이다. 아니, 실제로 그는 그 문제에 대해 크게 생각한 적이 없었다.

만약 이게 오르도가 주인공인 연극이었다면, 펜릴은 천하의 죽일 놈일지도 모른다.

“물어봤으니 대답해 드리지요. 제가 죽였습니다. 쫑알쫑알 시끄럽게 떠들어 대더군요. 과연 그가 기사라고 할 수 있었을까 의심스럽습니다. 살려달라고 얼마나 빌던지…….”

오르도의 팔뚝에 힘줄이 솟아오른다.

누군가가 누군가와 싸운다. 그런데, 한쪽이 이겼다.

과연 그 승리한자는 실력이 다른 자 보다 우세해서 일까?

운도 실력이라고들 한다.

하지만, 한 번 싸워서는 정말 모른다.

승패의 결정은 실력이 가장 중요하겠지만 그 다음에는

환경도 운도 그날 컨디션도 중요하다. 승리를 가져가기 위해서는 살아남기 위해서는 실력 외적인 부분에서까지 모든 것을 끌어와야 한다는 거다.

오르도.

그는 냉혈한으로 유명하다.

펜릴은 피식 웃었다.

과연 그에게 펜릴은 어떤 얼굴로 비춰질까, 어떤 표정으로 비춰질까 싶다.

적어도, 악역은 맞는 것 같다.

악역이 되어야 한다. 당장 찢어서 죽여 버리고 싶어야 한다.

그래야.

'이길 수 있다.'

오르도는 강하다.

저 냉혈한, 포커 페이스를 뚫고 속에서 열 불이 나게 만들어야 한다.

바스티안은 오르도의 오른팔이었다. 아주 강한 기사였다. 목숨을 구걸한 적도 없다. 하지만, 펜릴은 그럴 듯한 거짓말을 했다. 오르도도 그가 목숨을 구걸했다고 한 걸 믿지 않을 거다.

믿지 않아도 좋다.

얼굴에 찬 바람만 쌩쌩 불던 오르도의 표정이 변했다.

이마가 가장 먼저 붉어 졌다. 입은 살짝 튀어 나왔다. 어금니를 꽉 깨물고 있다는 증거다. 양쪽 귀 밑에가 얼마나 떨리는 지 분노에 치를 떠는 자의 특징이다.

펜릴은 마체테 두 자루를 꺼내 들었다.

검은숲에서 펜릴은 마체테와 활을 이용한 공격을 자주 해왔다. 그렇기 때문에 아직도 저 자는 마체테를 사용하는 줄 알 거다.

그리고 검으로 얼마나 강한 자이고 얼마나 통하는 지 실험해보고 싶었다.

객기?

그럴 수도 있다.

하지만 저 자는 제국에서 손꼽히는 고수다.

링커들도 저자를 피한다.

"네가 링커인 걸 알고 있다. 당장 각성을 해라."

펜릴은 팬텀 라지아의 다리와 카두치의 눈을 각성시켰다.

굳이 각성할 수 있는 시간을 주겠다는데 거부하고 싶지는 않다.

잠시 후, 오르도의 검에서 하얀 빛이 번쩍였다.

마나연공법을 극의로 익히고 인간을 초월한 경지에 이른 자들이 얻는 전유물인 힘이다.

펜릴의 검에서도 붉은 기운이 솟구쳤다. 패도적인 힘이

다. 마나와는 다르게 불꽃으로 휘감으며 힘을 과시했다. 잘 정돈된 오르도의 힘과는 다르게 펜릴의 검은 당장 무엇이라도 죽여버릴 것만 같은 위용을 드러냈다.

–먼저 들어가지 마라.

씨스톤이 훈수를 뒀다.

'알아.'

펜릴이 자극을 시켰다. 지금 흥분상태에 들어간 건 펜릴이 아니라 오르도다. 강자를 상대로 먼저 공격을 하는 건 미련한 짓이다. 방어, 방어, 방어.

그 끝없는 방어 속에서 분명한 기회는 찾아 온다.

펜릴의 오늘 전략은.

수비와 역습이다.

마침 도발까지 했던 거. 한 발 더 나아가기로 했다.

"제국에서 가장 강한 사람 실력이나 한 번 봅시다."

그걸로 충분하다. 이미 오르도는 폭발 직전 까지 와 있었다.

콰아앙!

머릿속으로 폭발하는 소리가 들린 것 같다.

오르도는 이 시간이 오기를 기다렸다는 듯이 펜릴을 향해 쇄도해 들어왔다.

'빠르다.'

링커가 아니다. 순순히 인간의 다리와 몸인 데도 불구하고 엄청난 속도로 들어온다.

'랩터라도 있는 거 아니야?'

눈을 씻고 봐도 인간의 몸이다.

하지만, 펜릴의 눈은 인간의 눈을 뛰어 넘었다. 그 속도를 완벽하게 캐치한다.

투쾅!

빠른 속도로 들어온 검을 펜릴이 쳐낸다.

오르도는 양손검을 사용하고, 펜릴은 한손검을 양쪽에 하나씩 착용한다.

한손검으로 양손검의 파괴력을 막을 수는 없다.

펜릴은 검을 교차시켰다.

검이 부러질 것처럼 휘어버린다.

하지만, 이건 마체테의 탄력이다. 붉은 나무 가지를 이용한 그 무기다. 휘어진다는 건 그만큼 반탄력을 보이고 있다는 얘기다. 걱정할 건 없다.

하지만, 펜릴은 힘에서 분명히 밀린다.

붉은 열매의 힘은 무한정 된 엄청난 힘을 보여주지만 밀도로 보면 마나보다 못하다.

펜릴은 자신의 강점을 이용해야 한다.

'수비, 수비, 수비!'

채엥! 채엥!

무조건 처음에는 피하고 피하지 못할 건 막아야 한다.

헛손질만큼 체력소모가 심한 것도 없다.

오르도는 정말 미친 듯이 펜릴을 향해 공격을 퍼부었다.

'잡았다.'

펜릴은 가볍게 상체 페인팅을 시도했다.

수비만 하던 펜릴이 페인팅을 시도하자 움찔하는 모습을 보인다. 펜릴은 틈이 생겼다는 걸 깨닫고 왼쪽 검을 밀어 넣었다.

푸슉!

오르도가 입고 있던 옷이 검에 베인다.

그는 갑옷을 입고 있지 않다. 갑옷을 입지 않은 오르도는 빠르게 움직인다. 애초에 고수들과의 싸움에 갑옷 따위는 필요하지 않다. 이미 검이 갑옷을 꿰뚫어 버리기 때문이다. 게다가 펜릴의 화살은 갑옷을 관통한다. 괜히 몸만 둔해질 뿐이다.

역습을 실패했지만, 효과는 봤다.

오르도가 움찔움찔하는 모습을 보이기 때문이다.

'마체테는 어차피 미끼다.'

펜릴의 본모습은 이게 아니다. 팔이다.

하지만 씨스톤이 강점만 있는 건 아니다. 무게가 나가기 때문에 스피드가 현저하게 떨어진다. 기회를 잡아야 한다. 단 한 번의 기회를!

피슉!

펜릴의 허벅지가 베였다.

깊지는 않다. 펜릴은 표정 변화도 없었다.

수비만 해서 이길 수 있는 건 아니다. 하지만, 이 허벅지 상처는 당할 수밖에 없었다. 그만큼 빠르다.

펜릴은 기사가 아니다. 그렇다고 용병들도 아니다. 목숨을 걸고 싸운다면 인간 보다는 마수들과 더 많았다. 그쪽에 경험이 많은 거지 인간과의 싸움에 능숙한 게 아니다.

인간, 특히나 오르도 같은 강자와 싸울 때는 예상하지 못한 복선이 툭 하고 튀어나올 때가 있다.

가볍게 상체만 공격하다가 어느 순간 하체를 공격하는.

상체에 집중하고 있다 보면 자신도 모르는 사이에 하체에 상처를 헌납할 수밖에 없다.

푸숙!

이번엔 팔 한쪽이 깊게 베였다.

피가 뚝뚝 떨어진다.

펜릴은 이번에도 신경도 쓰지 않았다.

'이 검을, 이 검을 멈춰야 한다.'

오르도가 말했다.

"죽어라."

검이 지척까지 날아온다.

펜릴은 백스텝을 밟았다. 아주 현란하게. 순식간에 거리가 벌어졌다가 오르도가 다시 좁히며 들어온다. 뒤로 움직이는 건 앞으로 움직이는 자보다 느릴 수밖에 없다.

펜릴은 들고 있던 마체테를 차례대로 던졌다.

챙! 채엥!

검. 기사는 절대 자신의 무기를 집어 던지지 않는다.

하지만, 펜릴은 기사가 아니다. 자존심 따위도 중요한 게 아니다. 중요한 건 지금! 바로 자신의 목숨 뿐이다.

마체테를 차례대로 쳐냈다. 그리고 곧장 펜릴의 목을 향해 검을 찔러 들어온다.

펜릴은 양쪽 팔을 벌렸다.

무모하기 짝이 없는 모습이지만, 바로 지금을 기다렸다.

펜릴의 팔이 비늘에 감싸였다.

♦

초인.

인간의 경지를 벗어난 이들.

하지만, 그렇다고 그들이 인간의 껍질을 완벽히 벗어 던진 건 아니다.

병에 걸리면 죽고, 늙으면 죽고, 뇌가 없으면 죽고, 심장이 찔리면 죽고, 피를 많이 흘리면 죽는다. 그 밖에도 여러 가지 이유로 죽음에 이른다.

인간과 하등 다를 게 없다.

하지만 병에 걸릴 확률이 줄고 남들보다 오래 살며 젊음이 오랜 기간 유지 된다. 치명상을 입어도 남들 보다 생존 확률이 높고 길게 유지가 된다.

감각은 말 할 것도 없이 좋아지고 밤에 보는 시야가 적응 할 필요도 없이 낮과 같이 보이고 피부는 화살도 잘 들어가지 않을 정도로 딱딱하고 질겨진다.

하지만, 그런 초인 중 하나인 바스티안도 펜릴에게 너무나 쉽게 무너졌다.

그렇다고 펜릴이 초인이냐?

그건 아니다.

펜릴은 그냥 링커일 뿐이다.

초인은 아니고 인간일 뿐이다.

인간의 굴레를 벗긴 했지만, 초인과는 길이 다르다.

제국의 많은 초인들을 비롯하여 기사들이 북방의 이민족들을 무릎 꿇리지 못했던 이유는 여러 가지가 있겠지만, 바로 이것.

링크 때문이었다.

링커들은 기사들 보다 강하다. 주술사들은 기사들 보다 강하다. 기사들과 링커들 보다 주술사가 강하다. 하지만, 주술사 보다는 마법사나 정령술사들이 더 강하다. 그런데 기사들이나 링커들이 마법사나 정령술사들 보다는 강하다. 천적 관계들일 뿐이다.

그런 관계들 속에서도 링커들은 분명 기사들 보다 나은 점이 많다. 빠르게 강해질 수 있다는 점, 그리고 마나와 다르게 비슷한 효율을 가진 힘을 각성만으로 계속 사용할 수 있다는 것.

부작용이 따르긴 하지만 이민족들은 두려움을 떨쳐내고 제국을 몰아냈다.

제국이 복속한 땅은 오로지 도시 하나밖에 안 되는 초라한 전과를 기록하지 않았나.

펜릴은 초인이었던 바스티안을 무차별하게 죽였다.

기사다운 죽음도 겪지 못했다.

기사들은 기사답게 죽지 못하면 영혼이 이 세상을 떠돈다고 들었다. 그래서 기사들은 명예로운 죽음을 원한다. 바스티안의 죽음은 명예롭지 못했다.

그래서 오르도가 더 화가났을 지도 모른다.

기사면, 기사답게.

그가 목숨을 구걸했다는 소리가 아니다.

머리를 터트려 죽였으니 사실 말은 다 했다.

'기사란 족속들은.'

예상 보다 더러운 행동에 약하다.

하지만, 목숨 보다 우선인 것은 없고 명예 보다 우선인 것은 목숨이라는 것.

기사들에게 있어 목숨 보다 명예가 우선일지 모르겠으나 펜릴에게는 일단 목숨이 우선이다.

목숨이 우선인 펜릴은 당연히 이기기 위해서 수단과 방법을 가리지 않는다.

펜릴의 다리가 움푹, 땅에 패어서 들어갔다가 빠르게 위로 튀어 나왔다.

흙이 절묘하게 오르도의 시야를 가린다.

한 순간, 고수들과의 싸움에는 이 작은 때가 승패를 만든다.

펜릴은 손을 앞으로 내밀었다.

마나가 감싸인 검을 손으로 잡는 것은 미친 행동이지만, 펜릴의 현재는 씨스톤의 팔을 각성시킨 상태다.

'잡았다.'

왼손으로는 검을 잡는다. 그리고 오른쪽 팔꿈치로 턱을 단숨에 날려 버린다.

파팍!

순식간에 합이 펼쳐졌다.

'여기는 내 거리다!'

검보다 주먹이 가깝다. 초근접전으로 벌어지면 아무래도 주먹이 유리해질 수밖에 없다. 검이라는 것은 결국 위에서 아래로, 옆에서 옆으로, 회전 동작이 필요하다.

주먹은 아니다.

단 10cm.

아주 작은 공간과 시간이 주어진다면 상대방에게 엄청난 타격을 줄 수 있다.

"크!"

왼쪽 손이 따끔하다.

아무리 씨스톤의 팔이 단단하고 강할지 언정, 바스티안의 검도 그랬지만 이 초인이라는 놈들의 마나는 상처를 입힐 수 있다.

상관하지 않았다.

오르도 같은 강자들은 이 거리를 다시는 주지 않는다.

턱을 맞고 쓰러지는 오르도의 다리를 걸었다. 그리고 왼손을 들어 올려 멱살을 잡았다. 아니, 잡으려 했다.

"어?"

펜릴은 자신의 눈을 의심했다.

왼손이 손목 아래로부터 깔끔하게 베어져 있다.

인간의 팔이 아니다. 분명히 씨스톤의 팔이 각성되어 있는 상태다. 그런데 베였다고?

오르도는 그 사이에 주춤하며 넘어지더니 곧바로 거리를 다시 벌렸다.

이제 펜릴의 거리는 사라졌다.

"아쉽게 됐군."

오르도가 딱한 표정으로 펜릴을 쳐다보았다.

펜릴은 바닥에서 자신의 왼손을 주었다.

아드레날린이 분비되며 고통을 잊게 해주었다. 그런데 깔끔하게 절단 된 왼쪽 손목을 보니 어리둥절하다. 절단면 끝에 피가 한 방울씩 뚝뚝 하고 떨어졌다.

"피는 빨갛군."

오르도의 말에 쓴 웃음이 지어진다.

펜릴을 인간으로 보지 않기 때문에 저런 말이 나온다.

"강하군요."

어디서 베였는지는 알겠다.

처음에 검을 잡을 때다. 검을 잡을 때 깔끔하게 베였다.

아니, 다소 시간이 걸린 거다. 그렇기 때문에 펜릴에게 거리를 허락하고 자신은 얻어맞았다. 물론, 그것이 즉사로 이어지지 않을 타격이었지만.

'왜?'

그래도 의문이 남는다. 이 팔은 그래도 모든 물리 데미지를 무효화까지는 아니더라도 대부분 막아낼 수 있다.

그렇다면 하나다.

씨스톤의 팔이 견딜 수 있는 힘을 그 이상으로 뚫어내고 있다라는 거다.

"바스티안이 어떻게 죽었는 지 봤다."

그 애기를 하자 펜릴이 곧바로 이해했다.

상황을 보지 않아도, 결과를 보고 나면 상황이 이해가 되는 법이다. 바스티안은 머리가 터져 죽었다. 펜릴은 분명히 마체테라는 무기를 사용한다. 그 무기를 사용하지 않았다는 건, 숨겨둔 한수가 있었다는 것.

그 한수를 알아차린 거다.

이미 펜릴과 싸우기 전에 펜릴을 알고 있었으니 이기고 들어간 것과 다름이 없다.

"나는 너를 당장 죽이진 않을 거다. 하지만, 불사의 초에 대한 모든 정보를 털어내야 할 거다. 그러기 위해서는 나머지 팔과 다리는 필요 없다. 물론, 두 눈도 뽑아주지."

말을 하는 데 필요한 건 결국 혀만 있으면 된다는 뜻이다.

펜릴은 상상을 해봤다.

'끔직한 일이군.'

물론, 그런 일이 일어나서는 안 되지만 상상만 해도 정말이지 소름끼치는 일이다.

'초인도 다 같은 초인이 아니야.'

링커들도 마찬가지가 아니던가?

1차 각성 링커라고 해도 링커들 사이에서는 엄연한 실력차이가 존재한다. 달고 있는 마수나 몬스터가 어떤 등급에 있느냐부터 얼마나 상대방에 대해 알고 있는가, 얼마나

숙련된 힘을 가지고 있느냐까지. 사실 여러 가지 이유가 승패를 결정 짓는다.

초인들 간에 실력차가 존재하는 건 당연하다. 게다가 바스티안 또한 유능하고 유명한 기사 중 하나였지만, 그는 많은 제국 기사들 사이에서 손가락 안에 드는 실력자라고 평가할 순 없었다.

기사들 중 아주 극소수들이 초인에 오르고, 초인에 오른 자들 사이에서도 실력 차이가 있는 편이니 펜릴은 오르도에 대한 생각을 다시 점검할 필요가 있었다.

'특히, 저 검…….'

단순히 저 검이 명검이다! 라고 치부할 순 없는 일이다.

저 폭발적인 마나는 진짜였다.

펜릴이 이기기 위해서는 저 검으로부터 안전을 확보해야 한다.

'일단, 이 손부터 어떻게 해야겠다.'

펜릴은 허리춤을 뒤졌다. 그리고 수통하나를 꺼냈다. 대뜸 펜릴이 수통을 열자 그 모습을 지켜보던 오르도는 고개를 갸웃했다.

"크윽!"

고통이 삽시간에 머리를 지배한다.

펜릴은 이를 악물었다.

치이이익!

손목 부분에서 연기가 나기 시작하더니 들고 있던 왼손과 척! 하고 달라붙었다.

"후우!"

펜릴은 손목을 가볍게 한 번 돌려봤다.

크게 이상은 없다. 절단면이 깨끗했던 점이 정말 다행이다. 물론, 깨끗하지 않더라도 붙는 데는 문제가 없겠지만 사용하는 데는 여러 가지 손상이 갔을 지도 모른다.

"뭐, 아는 게 많지는 않아서요."

오르도의 낯빛이 변했다.

사실 펜릴의 여유 만만한 모습을 보고 무언가 있겠구나라는 생각은 했었다. 트롤을 달고 있던 녀석들은 아무리 베고 베고 베어도 재생을 했었다. 그 모습을 봤었기 때문에 크게 놀라운 건 아니었다.

–시간을 끌어라.

씨스톤의 말에 펜릴이 잠시 주춤했다.

'뭐?'

–너는 저런 녀석과 싸워본 경험이 많지 않아서 단시간에 승부를 보려하는 거다. 그건 저 녀석이 해야 할 일이지 네가 할 일이 아니다.

'그럼?'

–인간의 마나는 무한하지 못하다.

맞는 말이다.

인간의 마나는 결코 무한하지 못하다. 오히려 부족한 감이 항상 느껴진다.

링커들이 무서운 이유는 기사들에겐 없는 꾸준한 능력이다. 각성만 하면 그 능력을 계속 사용할 수가 있다. 하지만, 오르도는 저 강력한 마나를 계속 유지시킬 수 있는 방법은 없다.

게다가 펜릴에게는 붉은 열매의 에너지까지 있는 판국이다.

'침착, 침착하자.'

탁!

오르도가 펜릴을 향해 빠르게 대쉬를 해왔다.

씨스톤 말 그대로 그는 빠르게 승부를 결정지어야 한다.

펜릴은 침착하게 그의 검을 보고 피했다.

-저 남자는 기사들 중에 분명히 강한 축에 속할 거다. 하지만, 너도 똑똑히 기억해야 할 것은 너의 성장속도와 힘은 링커들 가운데에서도 손가락 안에 들어간다는 거다. 저 놈 보다는 네가 선택할 수 있는 카드는 더 많다.

펜릴은 고개를 끄덕였다.

'오늘따라 맞는 말만 하는 데.'

-피한다고 해도, 틈을 보이면 죽여라.

'틈, 틈이라…….'

결국 틈이라는 것은 가만히 있을 때나 수비를 할 때 나오는 것이 아니다. 공격을 하는 그 순간, 인간에게는 엄청나게 많은 틈이 생겨난다.

작게 휘두르면 그만큼 위험 부담이 적지만, 상대방에게 큰 피해를 줄 수 없다.

하이 리스크, 하이 리턴.

이건 결국 어디에서나 통용되는 말이다.

오르도 같은 강자와의 싸움에서 중요한 건 번뜩이는 기지나 천재성, 센스도 필요하지만 결국엔 경험이다. 펜릴은 경험이라는 측면에서 약점을 드러낸 거다.

오르도와의 싸움은 이 약점을 채울 수 있다.

"하하."

웃음이 나왔다.

처음에 만났을 때는 오금이 저리고 가슴이 주체를 못했다.

그리고 자신만의 방식으로 이기려고 했으니, 처음에 한 방 먹었다고 밖에 볼 수 없다. 싸움에는 여러 방식이 있다. 무엇이든지 뭐라고 맞다고 할 순 없지만, 결국 정답은 이기는 것에 존재한다는 거다.

살아 남는다는 것!

방식을 깨우치고 나니 오르도가 굉장히 약해 보였다.

'이자가, 제국에서 손가락 안에 드는 기사라는데.'

제국은 엄청난 곳이다.

모든 인재들은 이 나라로 몰려든다. 제국은 그 인재들을 받아들인다. 대륙에 존재하는 나라들이 골치를 썩이는 일 중 하나가 인재들이 유출되는 거다.

제국은 인재들을 사온다고 할 수 있을 정도로 다양한 경로로 데려온다.

전쟁이 없다면 그 인재들이 귀족이 되어 제국시민이 된다.

그런 인재들 속에서도 평민으로 태어나 눈부신 발전을 해왔던 오르도.

황제의 오른팔 오르도.

그의 시종이었던 오르도 자작!

단 한 명이라도 믿을 수 없는 정계와 황실에서 황제가 믿을 수 있었던 유일한 인물이라면 평민 출신인 오르도가 유일했다.

이 오르도를 죽인다면 황제에게 어떤 영향을 끼칠까?

정답은 하나다.

오르도의 검에 서린 마나가 눈에 띄게 작아졌다.

그에 맞춰 펜릴은 안으로 파고들었다.

검술은 눈에 익었다.

손목을 쳐낸 뒤, 지척에 들어가 팔꿈치로 다시 턱을 가격했다.

콰앙!

골이 흔들린다. 머릿속까지 충격이 가해질 거다.

'죽여 보면 알겠지.'

어차피 제국은 펜릴을 점찍었다.

그의 손아귀에서 벗어날 수 있을 거라고 생각하진 않는다.

'이건 나의 선전포고다.'

쿠웅!

오르도가 무릎을 꿇었다.

◆

오르도는 검을 놓았다.

무릎을 꿇는다는 것

기사에게는 오로지 자신의 주군과 황제에게만 무릎을 꿇는다.

그 의외의 상황은 하나뿐이다.

패배를 했다는 것.

기사에게 패배는 치욕이다. 명예롭게 살아가는 그들에게 있어 이것 보다 더한 치욕은 없다.

"허억, 허억."

오르도는 거칠게 숨을 몰아쉬었다.

'패배다.'

그는 경험이 많다. 수 많은 링커들과 싸웠다. 북방의 이민족들 중에서도 최고의 강자들이라고 알려진 자들과도 싸워서 이겼다.

이민족들은 오르도를 경외했다.

전쟁터에서 가장 어려운 것이 아군이 아닌, 적군의 마음을 사로잡는 거다.

이민족들은 오르도의 검술에 매료 되었다.

적이라고는 해도 오르도는 칭찬할 만한 가치가 있는 자였다.

오르도는 여러 가지 다양한 경험을 쌓았다.

신분이 평민이다보니 기사들 중에서도 많은 핍박을 받아왔던 것도 사실이고, 그를 든든하게 지켜주는 배경이 없다 보니 목숨을 자주 걸어야 했다.

누군가는 든든한 배경탓에 안전한 부대로 가는 한 편, 오르도는 목숨이 현실과 저승에 절반씩 다리를 걸치고 지내야 했다.

그 탓에 경험과 실력이 빠르게 쌓였다.

아군에게 인정을 받자 적군에게도 인정을 받기 시작했다.

그리고 기사들을 이끌기 시작하며 황제에게도 주목을 받았다.

단 한 번도 패배를 했다고 말을 할 수는 없었다. 제국에 있는 많은 기사들 중에는 분명히 오르도 보다도 강한 자는 얼마 든지 있었다.

아니, 손가락으로 꼽을 정도의 숫자는 되었다.

그들과 대련을 한 적도 있고 이기기도 했고 져본 기억도 있다. 물론, 그건 황제가 바라보는 앞에서 했던 대결에 지나지 않았지만.

이건 목숨을 걸고 하는 싸움이다.

절대적으로 오르도가 불리했던.

오르도는 펜릴을 죽이면 안 되지만, 펜릴은 오르도를 죽이려고 달려 들었다.

그것이 싸움의 승패를 갈랐다.

펜릴은 초반과 다르게 여유를 되찾고 오르도를 연신 몰아 붙이고 승리를 가져갔다.

오르도의 턱은 완전히 날아가고 뇌진탕이 찾아왔다.

골이 울리고 시야가 흐리멍덩해진다.

검을 제대로 잡을 수가 없고 균형이 잡히지가 않는다.

그 순간 오르도는 패배를 직감했다.

그리고 연이어 들어오는 펜릴의 연타.

거리가 좁혀지니 이곳은 완전히 펜릴의 거리였다. 펜릴은 거리를 더 이상 주지 않았다. 오로지 자신의 거리에서 싸웠다.

마나로 온 몸을 보호했다. 하지만, 펜릴의 타격은 굉장히 집요했다. 철저히 마나로 만든 벽을 부숴버렸다.

"죽여라."

인간은 언젠가 죽는다.

특히나 검을 잡는 기사들은 전쟁터에서 죽는 건 필연이다.

그리고 그건 최고의 영광이라고 생각한다.

오르도도 마찬가지다. 이곳이 비록 전쟁터는 아니지만, 강자와의 싸움에서 졌다. 그리고 죽는 거다. 충분히 가치가 있다.

그는 천생이 기사였다. 피나 뼈 깊숙이 말이다.

펜릴은 마체테를 들어 올렸다.

마체테가 순식간에 빨갛게 물들었다.

명예로운 죽음이다. 영혼이 구천에 떠돌 일은 없을 거다.

만약 떠돌게 된다면 바스티안을 찾을 거다. 바스티안은 이 구천 어딘가를 떠돌고 있을 게 분명했다.

그 순간, 옆에서 목소리가 들려왔다.

"잠깐만요."

◆

마체테를 들어 올린 펜릴이 고개를 돌렸다.

이 싸움에 개입하지 않았던 애니마.

그녀가 앞으로 나섰다.

"그를 죽이지 마세요."

"왜요?"

"황제의 측근이에요. 그를 죽여서 황제를 자극할 필요는 없어요."

애니마의 말은 맞다.

오르도는 황제의 측근, 그것도 최측근이다. 그에게 불사의 임무를 100% 맡겼다. 그가 실패하면 황제는 오른팔을 잃는 것과 다를 바가 없다.

'그래서…….'

더 더욱 죽여야 한다.

펜릴이 불사의 초를 찾는 데 가장 걸림돌이 되는 인물을 꼽는다면 단연코 황제를 꼽을 거다. 황제가 개입하고 지금 이 순간들이 굉장히 펜릴을 곤경에 처하게 만들고 있다. 그리고 그 개입이라는 단어는 당장 오르도라는 이름이 되어 방해를 하고 있었다.

일단 오르도를 죽이면 구심점이 사라진다. 구심점이 사라지면 펜릴은 당분간 황제로부터 자유로워질 수 있다.

-죽여라.

반응이 엇갈렸다.

-저놈은 제국내에서도 제법 높은 위치에 있는 기사다. 아주 강한 기사란 말이다. 저 놈을 죽이면 황제도 네놈의

실력에 대해 다시 생각해보게 될 거다.

'황제가 내 힘을 두려워할 수 있다는 애기인가?'

—인간은 누구나 손해보고 싶은 마음이 없다. 게다가 제국은 작은 왕국과는 다르다. 기사가 움직이고, 그를 추종하는 세력들이 움직이려면 복잡한 절차를 거쳐야 한다. 황제가 명령을 내린 다고 이리 움직이고 저리 움직이는 기사단은 저 놈이 유일하다.

맞다.

제국에는 수많은 인재들이 있다.

하지만, 그 모두가 황제의 사람은 아니다.

제국인이라고 황제를 모두가 경외하고 존경하는 건 아니다.

귀족들 중에서도 황제를 못마땅해 하는 사람은 있고 항상 그런 사람들은 세력을 이루게 된다.

특히나 대륙을 지배하고 있는 제국이라면 말이다.

나라가 크면 여러 가지 사건 사고들이 끊이지 않고 일어난다.

그만큼 사람도 많고 황제는 견제할 세력도 필요하다.

오르도는 황제의 입맛대로 움직이는 황제의 측근이다.

모든 강자들이 오르도 처럼 황제의 손짓, 발짓에 움직이는 자들이 아니다.

그들이 움직이려면 명분이 필요하다.

펜릴이 오르도를 죽인다면, 그 이상의 기사들이 나타나야 한다. 그런데 그런 기사들이 제국에서도 분명한 건 흔하지 않다는 거다. 한 명으론 부족하다. 최소 펜릴을 잡으려면 오르도급 기사 두 명은 있어야 하고 그 두 명은 한 시도 떨어져 있어서는 안 된다. 펜릴은 혼자 있는 기사를 노릴 수 있으니 말이다.

그런 기사 두 명이 펜릴 하나 붙잡으려고 돌아다니는 건 시간 낭비요 인재 낭비다.

그런 걸 신하들이나 다른 사람들이 가만히 지켜보고 있을 수 많은 없을 거다. 아무리 황제의 권력이 강하고 위대해도 결국 그의 목적은 불사.

죽지 않기 위함이기 때문이다.

'빌어먹을.'

펜릴도 방금 전 까지만 해도 오르도를 단숨에 제거해버릴 생각 이었다. 그런데 일단 애니마가 말리고 나오니 한 번 고심을 할 수밖에 없는 상황이 되었다.

그녀가 펜릴의 뭐라도 되는 건 아니지만, 이유를 들어볼 필요까지는 분명히 있었다.

"당신이 그를 죽이려 한다면, 저는 결정권이 없어요. 분명한 건 그의 생사여탈권은 당신이 쥐게 되었으니 말이에요. 하지만, 다시 한 번 생각을 고려해봐 달라는 거예요."

오르도를 이긴 건 애니마가 아니다.

펜릴이다.

결투에서 승리를 거뒀으니, 펜릴이 그를 어떻게 결정할지 정해야 한다.

펜릴은 오르도를 바라보았다.

오르도는 두 눈을 뜨고 펜릴을 바라보았다.

그는 뇌진탕을 일으켰다. 지금 당장이라도 쓰러질 것처럼 위태위태했다.

무릎을 꿇고 앉아 있지만 그의 몸은 이미 반쯤 넘어가버린 상태였다.

제대로 펜릴과 애니마의 대화도 들리지 않을 거다.

그런데 어느 정도 상황은 눈치 챈 것 같았다.

"죽이는 편이 좋을 거다."

누구의 입에서도 나온 얘기가 아니다.

오르도다.

본인 스스로가 죽이는 게 좋다고 까지 한다.

"죽고 싶어서 환장이라도 하는 병에 걸렸소?"

"기사답게 마무리를 결정하고 싶을 뿐이다. 게다가 나를 살려 둔 다면 너에게 좋을 게 없다."

"……."

오르도가 맞는 말만 하고 있었다.

맞다.

그를 살려둬서 펜릴에게 좋을 건 정말 단 하나도 없었다.

"젠장!"

파악!

펜릴은 마체테를 허리춤에 다시 꽂아 넣었다.

"뭐하는 거냐?"

오르도의 말에 펜릴이 인상을 팍 찡그렸다.

"살려준다는 얘깁니다. 젠장! 당신을 죽인다고 하더라도 분명히 제국의 추적이 없어지는 건 아니고. 어차피 난 백색의 평야로 들어갈 테니 들어오고 싶으면 들어오고 말 테면 말고 마음대로 하세요."

"……."

펜릴은 등을 홱 돌렸다.

오르도는 기사다. 등에 칼을 꽂을 일은 하지 않는다.

뇌진탕 때문에 검도 제대로 잡지 못하겠지만.

그래도 인간의 굴레를 벗어난 초인이기 때문에 회복을 한 다면 오늘 하루 안에는 몸을 털고 일어날 수 있을 거다.

그게 문제다. 이런 강자를 살려준다는 것.

그를 죽여야 혼선이 생긴다. 혼선이 생겨야 펜릴이 그 시간 동안 안전해진다.

펜릴은 강자가 아니다.

철저한 혼자다.

아무리 강해도 한 손으로 손 열 개를 막을 수는 없는 법이다.

오르도를 살려둔 것은 강짜고, 만용이다.

펜릴은 그럴 여유가 없다. 실수 한 번에, 선택 한 번에 목숨이 날아간다.

"잘 했어요. 제국에 빚을 진 것은 분명 나중에 도움이 될 거예요."

애니마는 긍정적으로 말했다.

그녀의 말도 일리는 있었지만, 그건 너무 어린 발상이었다.

그녀는 어리다.

씨스톤 처럼 경험이 풍부하지 못하다.

그래도 펜릴이 그녀의 말을 들은 이유는 펜릴도 경험이 적기 때문이다.

모든 세상 일이 긍정적으로 풀리지는 않는다.

좋은 일 보다는 나쁜 일이 많고 절망적인 일은 계속 되고 희망 섞인 일은 정말 단 한 순간에 불과하다.

열매를 맺는 시간은 길지만, 열매가 맺어져 그것을 섭취하는 것은 아주 짧을 뿐이다.

그를 살려둔 것이 미래에 어떤 결과를 초래할 지는 아무도 모른다.

'끄응!'

펜릴은 뒤를 돌아보았다.

오르도는 완전히 넘어가버린 상태다.

이 평야에서 저대로 정말 죽어버릴 수도 있다. 혹은 펜릴을 쫓아온 추적대에 의해 발견될 가능성도 크고.

어느 쪽이나 오르도에게는 치욕스런 밤이 될 거다.

"전 백색 평야로 갑니다."

애니마는 싱긋 웃었다.

"알아요."

분위기가 전과는 조금 달라진 기분이다.

펜릴이 목표를 얘기한 것은 그녀에게 따라오지 말라고 돌려서 얘기한 것에 불과하다.

그런데 그녀는 펜릴의 뒤를 쫓았다.

"잊었어요? 저도 제국에 쫓기는 몸이에요. 백색 평야에 가지 못한다면 저도 죽은 거나 다름이 없다고요."

처음에.

황실 기사들에게 쫓겼던 것은 펜릴이 아니라 그녀, 바로 애니마다.

그녀의 말인 즉슨, 결국 펜릴과 동행을 계속 하겠다는 뜻이다.

"죽을 지도 몰라요."

"어디에 있든 마찬가지에요. 당신 옆이 나을 수도 있고요."

“전에도 얘기 했지만 도움이 안 된 다거나 제 목숨이 위험하면 당장 버리고 갈 거예요.”

“원망하지 않아요.”

펜릴이 피식 웃었다.

그런데 두 눈만은 차갑게 가라앉았다.

‘날 멍청이로 보는군.’

애니마는 정말 우연으로 펜릴을 찾아 왔을까?

펜릴은 카두치의 눈을 가지고 있다.

실체를 볼 수 있다는 얘기다.

그녀는 황실 기사단에게 쫓겼다. 일반 사람이 며칠 동안이나 그렇게 기사단에게 쫓길 수 있는 걸까?

아무리 빠르다고 해봤자 며칠 지나기도 전에 잡힐 거다.

그런데 그녀는 살아남았다. 그리고 펜릴을 마치 우연처럼 만났다.

그녀는 마나를 가지고 있다.

그것도 상당한 양의.

‘……마법사.’

가능성이 크다. 마나를 가지고 있다고 모두 마법사라고 할 수는 없지만 일리는 있다.

그녀가 마법을 사용하는 모습을 본 적은 없지만, 분명히 자제하는 것일 수 있다.

그녀는 펜릴을 일부러 찾아왔다.

그리고.

오르도를 죽이지 말라고 했던 건 그녀에게 분명히 도움이 되기 때문이다.

적은 가까이에 두라고 했다.

펜릴은 남모르게 망령을 소환했다.

그리고 한쪽 눈을 감았다.

소환된 망령은 하늘 높이 올라가 흩어졌다.

'망령의 눈.'

망령이 보는 시야가 펜릴의 머릿속으로 그려졌다.

〈5권에서 계속〉